MAUPASSANT

CONTES DE LA BÉCASSE

Présentation, notes, chronologie et archives de l'œuvre
par
Roger BISMUT

Bibliographie mise à jour (2013)
par
Fanny BÉRAT

GF Flammarion

Du même auteur
dans la même collection

APPARITION ET AUTRES CONTES D'ANGOISSE
BEL-AMI (édition avec dossier)
BOULE DE SUIF ET AUTRES HISTOIRES DE GUERRE
CONTES DU JOUR ET DE LA NUIT
LE HORLA ET AUTRES CONTES D'ANGOISSE
MADEMOISELLE FIFI
LA MAIN GAUCHE
LA MAISON TELLIER. UNE PARTIE DE CAMPAGNE ET AUTRES CONTES
MONT-ORIOL
NOTRE CŒUR
LA PETITE ROQUE ET AUTRES HISTOIRES CRIMINELLES
PIERRE ET JEAN
LE ROSIER DE MADAME HUSSON
LES SŒURS RONDOLI ET AUTRES CONTES SENSUELS
UNE VIE

édition mise à jour en 2013.
ISBN : 978-2-0813-0939-5

CHRONOLOGIE

1846 (9 novembre) : Gustave de Maupassant épouse à Rouen Laure Le Poittevin, sœur d'Alfred, l'intime ami de Flaubert.

1850 (5 août) : Naissance au château de Miromesnil, commune de Tourville-sur-Arques, département de Seine-Inférieure, de Henry René Albert Guy de Maupassant, fils de Gustave et de Laure, née Le Poittevin.
(20 août) : L'enfant est ondoyé dans la chapelle de Miromesnil.

1851 (17 août) : Baptême du jeune Guy, dans l'église paroissiale de Tourville-sur-Arques.

1854 : La famille de Maupassant s'installe au château de Grainville-Ymauville, arrondissement du Havre. C'est là que naît Hervé, second fils du ménage, en avril 1856.

1857 : Rupture entre les époux Maupassant. Laure se retire avec ses enfants à la villa des *Verguies*, à Étretat.

1863-1867 : Séjour de Guy à l'institution ecclésiastique d'Yvetot. Il en est expulsé avant la fin de sa seconde, pour une épître assez libre que ses maîtres avaient saisie.

1864 : Il porte secours au poète anglais A. C. Swinburne, en danger de se noyer. C'est l'origine d'une longue amitié. Guy de Maupassant publiera en 1891 une *Note sur Swinburne* pour ses *Poèmes et Ballades*. Un Anglais, dont Swinburne est l'hôte, fait don à Maupassant d'une main d'écorché, qui servira de thème à deux nouvelles.

1868 : Rhétorique au Lycée de Rouen. Il a pour correspondant Louis Bouilhet. Fréquentes visites à Croisset, où séjourne Gustave Flaubert.

1869 (18 juillet) : Mort de Louis Bouilhet.
(novembre) : Maupassant reçu bachelier en juillet, entreprend à Paris des études de droit.

1870 : Guerre franco-prussienne. Maupassant mobilisé, puis versé à l'Intendance divisionnaire de Rouen.

1871 (septembre) : Il quitte le service, en se faisant remplacer.

1872 (mars) : Il remplit au ministère de la Marine des fonctions gratuites, à la Bibliothèque.
(17 octobre) : Nommé surnuméraire à la Direction des Colonies de ce même ministère.

1873 (1er février) : On lui attribue des appointements de 125 F par mois.

1873-1878 : Maupassant employé au ministère de la Marine.
Début des amitiés des bords de Seine : le groupe des Cinq (Céard, Pinchon, Léon Fontaine, A. de Joinville, Maupassant).
Premiers essais littéraires : *La Main d'Écorché*, dans l'Almanach de Pont-à-Mousson.
13 avril 1875 : Représentation, devant Gustave Flaubert et Tourguenieff, de *A la Feuille de Rose, Maison Turque*.
Il compose *La Comtesse de Rhune*, drame moyenâgeux, et la *Répétition*, comédie de salon.
En 1876, il donne à la *République des Lettres*, que dirige Catulle Mendès, son poème, *Au Bord de*

l'Eau, publié sous le pseudonyme de Guy de Valmont. Chez Mendès, il rencontre Mallarmé, Léon Dierx, Villiers de l'Isle-Adam. Débuts au journal *La Nation*.
En 1877, il s'intègre au groupe, qui, vers 1881, prendra le nom de *Groupe de Médan* : Paul Alexis, Hennique, Huysmans, Céard et Emile Zola. Collaboration régulière au journal *La Nation*. Malade, il demande un congé à son ministère pour prendre les eaux de Louèche.

1879 (4 janvier) : Maupassant passe du ministère de la Marine à celui de l'Instruction Publique, grâce à l'intervention de Gustave Flaubert auprès du ministre, Agénor Bardoux.
(mars) : Jules Ferry succède à Bardoux, et concède une pension à Gustave Flaubert, qui se trouve dans la gêne depuis qu'il a dû vendre la plupart de ses propriétés pour sauver de la faillite Commanville, mari de sa nièce Caroline.
Maupassant fait jouer dans le Salon de la Princesse Mathilde *Histoire du Vieux Temps*, publiée la même année.
(1er novembre) : Publication dans la *Revue Moderne et Naturaliste*, sous le pseudonyme de Guy de Valmont, du poème *Une fille*. En décembre, le procureur d'Étampes engage des poursuites. Il s'agit en réalité du poème *Au Bord de l'Eau*, publié trois ans plus tôt dans *la République des Lettres*, et amputé de ses douze derniers vers dans la *Revue Moderne et Naturaliste*.

1880 (26 février) : Le « Procès d'Étampes » s'achève par un non-lieu.
Lecture à Médan de *Boule de Suif*, qui paraît le 16 avril dans les *Soirées de Médan*. « Un chef-d'œuvre », dira Flaubert. Le 25, *Des Vers*.
8 mai : Mort subite de Gustave Flaubert.
Maupassant quitte l'administration.
Été : Voyage en Corse.

1881 : Maxime Du Camp commence dans la *Revue des Deux Mondes* la publication de ses *Souvenirs littéraires* (juin 1881-octobre 1882), où il prétend révéler la nature de la maladie de Flaubert. Maupassant réplique dans *le Gaulois* le 25, puis le 27 octobre 1881. Au cours de l'été, voyage en Algérie : rencontre avec Jules Lemaitre à Alger.
Publication de *La Maison Tellier*.

1882 : *Mademoiselle Fifi*. En été, voyage à pied en Bretagne.

1883 : *Une Vie* paraît en feuilleton dans *Gil Blas* du 27 février au 6 avril. Le roman est publié aussitôt après chez Havard.
(juin) : *Contes de la Bécasse* (Rouveyre), Maupassant passe l'hiver à Nice près de sa mère, et l'été à la *Guillette*, villa qu'il s'est fait construire à Étretat : le fidèle François Tassart, son valet de chambre, le suit dans ses déplacements. Il séjourne le moins possible à Paris.

1884 (janvier) : *Au Soleil*, un des trois volumes constitués par des récits de voyage ; *Clair de Lune*.
(avril) : *Miss Harriet*.
(juillet) : *Les Sœurs Rondoli*.
(novembre) : *Yvette*.
La même année, paraît l'*Étude sur Gustave Flaubert*, en préface aux *Lettres de Flaubert à George Sand*.
Début des troubles nerveux.

1885-1888 : Période mondaine de Guy de Maupassant.
En 1885 (mars) : *Contes du Jour et de la Nuit*.
(mai) : *Bel ami;* la même année : *Toine*, *Préface* pour une édition de *Manon Lescaut*.
(été) : Cure à Châtelguyon.
En 1886 : *La Petite Roque*, *Monsieur Parent*. En été, voyage en Angleterre.
En 1887 : *Mont-Oriol*, *Le Horla*.
En 1888 (janvier) : *Pierre et Jean*, précédé d'une *Étude sur le Roman;* la même année : *Sur l'Eau*,

second ouvrage formé de récits de voyage; le *Rosier de Madame Husson.*
(été) : Croisière sur le *Bel-Ami;* elle conduit l'écrivain de Cannes à San Remo, Savone et Gênes. Dans l'intérieur, il visite Florence et Pise, puis il met le cap sur la Sicile. De Syracuse, un paquebot le transporte à Alger. Par voie de terre, il gagne la Tunisie, visite la Kroumirie, Tunis et le Sahel (L'Enfida, Kairouan et Sousse).

1889 : Retour en France. Aggravation des troubles nerveux.
(mars) : *La Main gauche.*
(mai) : *Fort comme la Mort.*
Son frère Hervé est interné à l'asile de Bron, où il meurt le 13 novembre, laissant une fille, que Maupassant prend en charge.

1890 : Ses troubles mentaux prennent la forme d'hallucinations, et d'un délire de la persécution.
(mars) : *La Vie errante*, troisième et dernier recueil de récits de voyage, relatant sa croisière de 1888-1889.
(avril) : *L'Inutile Beauté.*
(juin) : *Notre Cœur.*

1891 (été) : Cure thermale à Divonne, puis à Champel. Publication de *Musotte* chez Ollendorff.

1892 (1er janvier) : A Cannes, tentative de suicide. Puis crises de démence. Le 7 janvier, il est interné à Passy, dans la clinique du Dr Blanche.

1893 : *La Paix du Ménage*, comédie (Ollendorff).
(6 juillet) : Mort de Guy de Maupassant, dans la clinique du Dr Blanche, qu'il n'a jamais plus quittée.
(8 juillet) : Funérailles au cimetière Montparnasse. H. Céard prononce l'éloge funèbre du romancier : « Aujourd'hui, ce salut que quatre jeunes gens donnaient jadis à l'avenir d'un ami, au nom des collaborateurs des *Soirées de Médan*, en mon humble nom personnel, je viens douloureusement l'adresser au cercueil d'un Maître. »

1897 : Inauguration à Rouen d'un monument à la mémoire de Guy de Maupassant.

1899 : *Le Père Milon* (recueil posthume).

1900 : *Le Colporteur* (posthume).

1901 : *Les Dimanches d'un bourgeois de Paris* (posthume).

1912 : *Misti* (posthume).

INTRODUCTION

Depuis *Boule de Suif,* que Gustave Flaubert salua comme un chef-d'œuvre, Guy de Maupassant a trouvé sa voie. Dès ses premiers essais, il a eu dans le solitaire de Croisset à la fois le plus exigeant des maîtres et l'ami le plus tendre et le plus attentif. C'est en son honneur qu'en 1875 il avait composé une leste pochade, *A la feuille de rose, maison turque,* dont le titre est à lui seul un hommage à l'auteur de *L'Éducation sentimentale,* car il évoque l'épisode par lequel débute et s'achève le roman. C'est sous sa férule qu'il apprendra à discipliner son style et son inspiration, à limer et polir ses contes, afin que chacun d'eux ne ressemble à aucun autre. A Gustave Flaubert, il doit d'abord l'amour de la perfection. Une fois l'ami disparu, il va demeurer fidèle à son enseignement. Aucun recueil ne témoigne plus éloquemment que les *Contes de la Bécasse* de la permanence en Maupassant du message de Flaubert.

Le 20 mars 1883, il signe avec Édouard Rouveyre et G. Blond un contrat d'édition dans lequel on peut lire : « M. Guy de Maupassant offre à MM. Éd. Rouveyre et G. Blond, qui l'acceptent, la copie d'un volume d'environ 300 pages, type du volume intitulé *Mademoiselle Fifi* édité par M. Victor Havard. MM. Rouveyre et Blond garantissent un premier tirage de 2.000 exemplaires, et paieront pour chaque exemplaire, jusqu'à concurrence de 3.000, la somme de 50 centimes; les exemplaires en sus seront payés un franc. L'exploitation de l'ouvrage, qui aura pour titre *Contes de la Bécasse*, aura une durée de neuf années. » Peu de temps après, craignant que ce volume ne fût un peu grêle, l'auteur se disait disposé à y joindre deux contes supplémentaires, et suffisamment longs. C'est ce qu'il fit : il s'agissait de *Saint-Antoine*, et de *L'Aventure de Walter Schnaffs*.

Tous ces contes, sans exception, ont paru dans deux journaux, *Le Gaulois* et *Gil Blas*, en l'espace de moins d'un an : le premier, *Un fils* publié sous le titre *Père inconnu*, et dans une version écourtée, dans *Gil Blas* du 19 avril 1882, le dernier, *L'Aventure de Walter Schnaffs*, le 11 avril 1883 dans *Le Gaulois*, alors que le contrat d'édition était déjà signé avec Éd. Rouveyre et G. Blond. Maupassant n'a pas trente-trois ans : c'est l'époque où, sur un terrain que lui a cédé sa mère, il se fait bâtir, près d'Étretat, la villa de *La Guillette*, dans laquelle, fuyant Paris et ses mondanités frivoles, il se réfugie, en compagnie de François, le serviteur fidèle, retrouvant (ou croyant retrouver) une vigueur, une santé nouvelles, au contact de la terre natale, de la verdure inépuisable, des embruns et des coups de vent de la côte toute proche. Sa santé est à peine encore altérée : il a dû, voilà peu (1877), prendre les eaux à Louèche, ses yeux lui font mal, et il a déjà recours à l'éther pour endormir ses douleurs et dissiper ses premières obsessions. Mais il est le romancier fêté, adulé, de cette société parisienne qu'il a su si bien peindre, et qui préfigure celle de la Belle-Époque. Il a conservé toutefois cette fringale de grand air, de bonne vie facile, de plaisanteries de collégien et de canotier (du grand aîné, il garde, présentes à la mémoire, les farces et gaudrioles mises au compte du mythique *Garçon*). Dès lors, comment s'étonner que la plupart des contes de ce nouveau recueil aient pour décor la Normandie natale et retrouvée, et que d'autre part, ainsi qu'il dit lui-même dans la *réclame* (qui est une manière de *Prière d'insérer*), ces contes aient presque tous une tonalité gaie, voire rabelaisienne ? Et de fait, les deux tiers de ces contes sont des contes normands *(La Bécasse, La Folle, Pierrot, Farce normande, Les Sabots, En Mer, Un Normand, Aux champs, Un coq chanta, Saint-Antoine, L'Aventure de Walter Schnaffs); Un fils* a pour théâtre la Bretagne voisine; si *Ce Cochon de Morin* se situe dans les Charentes, *Le Testament* et *La Rempailleuse*, contes provinciaux comme tant d'autres, pourraient aussi bien se dérouler en Normandie : je dirai plus loin pourquoi le pharmacien Chouquet, triste héros du roman d'amour d'une bohémienne rempailleuse, pourrait tenir à la terre normande; seuls *Menuet* et *La Peur* tranchent nettement, sous cet aspect : le premier a pour cadre la pépinière du Luxembourg, à Paris, les deux parties du second se situent successivement au Sahara et dans la forêt ardennaise.

Il est bien vrai, d'autre part, que ces contes font naître le sourire, et même provoquent une franche gaieté. *Ce Cochon de Morin* est bien dans la lignée de *Boule de Suif*, de *La Maison Tellier* et de *Mademoiselle Fifi :* le beau Labarbe, rédacteur en chef du *Fanal des Charentes* (un titre sur lequel il y aurait fort à dire! nous y reviendrons), qui « arrange » l'affaire de *ce cochon de Morin* d'une manière bien gaillarde et bien inattendue, et qui s'en fait énergiquement féliciter dix ou quinze ans plus tard par le notaire, qui a épousé depuis la *victime* de Morin, est presque aussi explosif que les deux religieuses qui, par arguments tirés de l'Histoire Sainte, contribuent à jeter Boule de Suif dans la couche du soudard prussien; que la petite communiante pieuse et bouleversée, qui achève sa nuit de retraite « sur le sein nu de la prostituée », ou que Rachel, juive et putain, qui poignarde le fringant lieutenant allemand et trouve un abri chez le curé du village, avant de se faire épouser par un patriote sans préjugé « qui en fit une dame qui valut autant que beaucoup d'autres ». Même souci du dénouement inattendu dans *Les Sabots*, où l'on verra quelle sorte de besogne le riche fermier Césaire Omont attend de sa servante Adélaïde; et le seul reproche que trouve à formuler le vieux et finaud Malandain contre sa fille, déniaisée sans y prendre garde, et pleine comme une futaille, c'est de s'être laissé faire tout cela sans calcul. « All'est tout d'même encore pu sotte que j'aurais cru! All'ne savait point c'qu'all faisait, c'te niente! » Pour l'amour de l'art, le père eût souhaité plus de cynisme dans sa progéniture. Et tant pis si la morale n'y trouve pas son compte! Tout cela, comme aurait dit Jules Lemaitre, est tellement de l'autre côté de la croix!

Deux autres nouvelles, *Farce normande* et *Un Normand*, racontent des facéties normandes : dans la seconde, l'irrévérence de Maupassant en matière de religion se laisse entrevoir. Dans *L'Aventure de Walter Schnaffs*, chronique de guerre, l'auteur, qui a souvent raillé la bêtise solennelle des boutiquiers de sa province, et qui, comme Flaubert, avait toisé leur veulerie, leur platitude devant l'occupant, relate un haut fait d'armes accompli par un marchand de drap et son escouade de gardes nationaux de la Roche Oysel, près Rouen, qui ont trouvé en un gras et paisible soldat prussien plus couard qu'eux-mêmes.

L'humeur gouailleuse, le penchant pour la mystification paraissent jusque dans les contes les plus graves, ou même tragiques. Lorsque, en mer, victime du chalut qui lui met le bras en bouillie, Javel Cadet, après l'avoir tranché lui-même pour éviter *le mal noir*, le place dans la saumure, au fond d'un baril de poisson fraîchement pêché, un des matelots risque cette plaisanterie : « Pourvu qu'j'allions point le vendre à la criée! » Et si l'aventure d'Antoine, dit Saint-Antoine, s'achève d'une manière doublement tragique, puisque l'homme assassine son Prussien, et qu'un vieux gendarme, soupçonné, paie ce meurtre de sa vie, c'est après un rebondissement de joyeux épisodes, où la verve de l'auteur s'exerce aux dépens du Prussien ivrogne et balourd.

Mais cette grosse gaieté est moins saine qu'il pourrait sembler dès l'abord. Les raccourcis du conte sont abrupts, on demeure saisi devant la brutalité du dénouement, et le rire est plutôt de surprise (parfois de colère, ou d'inquiétude) que de bonne humeur. Car les traits dont le narrateur cerne un caractère sont cruels, et ne font rien augurer de bon de la nature humaine. La tristesse se sent toute voisine de là, et le Maupassant amer, désabusé, se devine à travers ces récits alertes et salaces.

Puis on retrouve, dans trois contes au moins de ce recueil, l'un des thèmes obsessionnels de l'œuvre de Maupassant, celui de l'enfant trouvé, ou adopté, de l'enfant de père non-dénommé, de ce semi-paria qu'on appelle enfant adultérin, thème qui trouvera son plein épanouissement dans le roman *Pierre et Jean* (mais, parmi les nouvelles, combien, depuis *Yvette* jusqu'à *L'Héritage*, le reprennent inlassablement !) Or, voici que, dans *Le Testament*, une mère revendique sa passion prétendument coupable pour un autre que son mari, proclame à la face des hommes l'existence d'un enfant de l'amour, qui a présentement atteint l'âge viril, et qui, lecture faite du testament de la morte, suit son véritable père. Dans *Un fils*, un homme riche et considéré, membre de l'Académie Française, confesse une aventure de jeunesse, oubliée sitôt révolue : cette fois, l'enfant né du hasard, ignoré, rejeté, croupit dans la fange, abruti par la misère et l'alcool. Et comment, en apprenant tardivement cette paternité, le père coupable pourrait-il donner son nom et sa fortune à ce déchet humain, qui n'est un déchet, après tout, que par la faute, par le crime, de l'homme volage et insouciant ? Certes, notre époque peut sourire de cette emphase de mélodrame. Mais on a vu dans cette hantise, qui fait le sujet de trente ou quarante nouvelles, certaines implications autobiographiques sur lesquelles la lumière sans doute ne sera jamais faite. *Aux champs* est une chronique de l'adoption, contée sur le mode mineur ; mais, sous le sourire, point la tristesse. De deux mères, paysannes et voisines, l'une a refusé, l'autre a accepté de *vendre s'n éfant*, c'est-à-dire de le céder à une grande dame désolée de n'en pas avoir. L'aventure sépare et brouille les deux familles. Lorsque, quinze ans plus tard, l'enfant adopté, devenu un *monsieur*, s'en revient au village et festoie en compagnie de ses *vieux*, retrouvés pour un soir, Charlot, l'enfant des voisins, que ses parents n'ont pas voulu vendre, s'enfuit dans la nuit en les maudissant.

Il faut signaler un dernier aspect qui contribue à faire de ce recueil une manière d'abrégé de l'univers romanesque de Guy de Maupassant : je veux parler de cette fascination de l'insolite, du fantastique, que l'auteur, admirateur d'Edgar Poe, et lui-même victime de névroses et de phénomènes hallucinatoires, manifeste dans quelques-unes de ses nouvelles les plus célèbres, et dans certains épisodes de ses romans. Or, comment ne pas reconnaître dans *La Folle*, dans *Saint-Antoine*, dans *La Peur*, et même dans certains contes apparemment aussi anodins que *Menuet* ou *Pierrot*, cette hantise de l'irrationnel, cet amour morbide du macabre et du malsain ? Déjà *En Mer*, humble drame de pêcheur, dérive vers l'insolite, avec la curieuse cérémonie de l'inhumation du bras coupé [1], pour lequel le menuisier de l'endroit a confectionné un petit cercueil. Mais quel étrange cortège que celui qui escorte la folle impotente, prostrée sur sa paillasse, jusqu'à la forêt voisine, où la neige va l'ensevelir, et dont le narrateur, bien des années plus tard, croit reconnaître les funèbres ossements en allant ramasser

1. Où je crois reconnaître un reflet tardif et persistant de cette *main d'écorché* qui fait le sujet de trois nouvelles.

une bécasse morte! Oh! sans doute un passé récent nous a-t-il enseigné jusqu'où peut aller la cruauté imbécile du soudard victorieux; sans doute, conviendrait-il d'apprécier ici la lucidité de Maupassant, plutôt que de le taxer d'imagination maladive : on a fait plus et mieux, du côté d'Auschwitz et de Tréblinka. Mais *La Peur?* Comment ce *tambour du désert* au rythme dément finit-il par apporter la mort? comment l'obsession du braconnier tué, dont l'âme chaque année revient tourmenter son meurtrier, se communique-t-elle non pas seulement à la famille, mais aux visiteurs d'un soir, gagnés à leur tour par l'épouvante, avec la complicité du vent, des grands arbres secoués par la tempête, des hurlements du vieux chien, dérisoire incarnation du revenant, et victime innocente de cet envoûtement collectif? Mais Saint-Antoine, qui voit surgir de la fosse à purin le soldat qu'il vient de tuer, et qu'il tue pour la seconde fois? Voyez *Pierrot :* nous sommes à la campagne, le groupe de la patronne et de la servante évoque les personnages d'*Un cœur simple*. Ayant fait emplette d'un roquet pour garder leur modeste potager, par quel diabolique enchaînement sont-elles conduites à le précipiter dans la marnière? de quelle façon, dans ce trou d'où monte la nauséabonde odeur de tous les chiens qu'on y a fait périr, se livre un combat mortel entre le gros et le petit chien? En quelques notations, le conteur évoque la loi de la jungle. Quel combat, non moins mortel, se livre dans le cœur de Mme Lefèvre, chez qui l'amour du gain, du gain sordide, finit par l'emporter? Pour n'avoir pas à nourrir deux chiens (et peut-être bientôt trois, ou quatre, peut-être tous les chiens de la contrée), la bonne dame sacrifie irrévocablement Pierrot, et s'en revient chez elle, en mangeant les restes du pain beurré. On n'a jamais poussé si loin l'union de l'horreur et de la simplicité. *Menuet* se déroule dans l'atmosphère quelque peu irréelle et vieillotte, qui est celle d'*Histoire du Vieux Temps*, un des premiers et heureux essais théâtraux de Guy de Maupassant. Mais voici que le temps semble aboli. Comment ce vieillard (assez alerte pour danser sous les yeux du narrateur un menuet, en compagnie de sa très vieille épouse), et qui observe non sans causticité qu'il n'y a plus de rois de nos jours, a-t-il pu être maître d'Opéra sous Louis XV ? comment sa compagne a-t-elle pu être aimée du Roi ? Vingt ans vers 1770, cela n'en donne pas loin de cent sous la République (la seconde, j'entends !) Que sont-ils l'un et l'autre, ces centenaires gracieux et complimenteurs, aux grotesques et attendrissantes simagrées ? Sont-ils bien des êtres de chair ? ne seraient-ils pas plutôt des fantômes d'un autre âge suscités par la rêverie ? En disparaissant sous les coups de pioche d'un baron Haussmann ou de quelqu'un de ses émules, la pépinière du Luxembourg a-t-elle pour toujours chassé de ces lieux, et peut-être du monde des vivants, autre chose que les subtiles vapeurs des songes ? De tous les contes du recueil, c'est celui-là qui nous met le plus mal à l'aise, car l'auteur y est à la frontière de cet irréel, dans lequel il va basculer bientôt ; et cela sans gros effets, sans les sifflements du Horla, ni le funèbre glissement de la morte d'*Apparition*. Pourtant nous sommes encore à la période où, en gros, la raison demeure rivée à la bonne glèbe du réel. Nous qui savons l'accomplissement du drame qui commence à se jouer, nous ne pouvons nous défendre, devant ces premiers signes, d'un serrement de cœur. Mais sans doute cette impression n'était-elle point partagée par les lecteurs du temps, aux yeux desquels rien n'était révolu, et qui, peut-être, ne se doutaient pas que, tapie dans les recoins de l'âme de ce bon vivant à la sensualité élémentaire qui, comme l'un de ses personnages, aimait « toujours la joie et les pommes de terre »[1], l'hydre

1. *L'Ami Patience*, dans le recueil *Boule de Suif*, p. 75 (Ollendorff).

apprêtait déjà ses griffes et ses crocs. Allons! décidément, Maupassant l'a dit, les *Contes de la Bécasse* sont un joyeux et sain divertissement!

Présentant en raccourci l'essentiel des thèmes et des qualités de l'écrivain, ces contes sont originaux à un autre titre. Sur les dix-huit volumes de *Contes et Nouvelles*, que comporte la collection des *Œuvres Complètes*, parues chez Ollendorff de 1899 à 1912, quinze ont pour titre général celui de la nouvelle par laquelle s'ouvre le volume, sans que ce titre soit le signe d'une quelconque unité. Les *Contes du Jour et de la Nuit*, non moins disparates, tentent de renouer, par leur intitulé tout au moins, avec la tradition du XVIIIe siècle, qui avait vu éclore les *Mille et une Nuits*, les *Mille et un Jours*, etc. Deux volumes seulement présentent une unité réelle, ou fictive : *La Main Gauche*, au titre révélateur, et qui ne groupe que des nouvelles se référant à des amours illégitimes ou contrariées; et les *Contes de la Bécasse*, auxquels le premier, *La Bécasse*, sert à la fois de prétexte et d'introduction. Quand la bécasse, cette reine des gibiers, traverse le ciel de Normandie, le vieux baron des Ravots rassemble autour de lui ses anciens compagnons de chasse. A la tombée du jour, une loterie d'un nouveau genre est organisée, où le gagnant connaît la rare volupté de croquer, en les rôtissant à la flamme d'une chandelle, toutes les têtes des bécasses tuées dans la journée, mais doit dédommager ses compagnons moins favorisés en racontant une histoire. Le recueil est censé avoir été formé avec quelques-uns de ces récits. Plusieurs d'entre eux, au demeurant (*La Folle*, *Farce normande*, *Un coq chanta*[1],

1. Guy de Maupassant pourrait bien avoir pris l'idée de ce conte dans *Les Vies des Dames Galantes* de Brantôme, Discours Premier.

et la seconde partie de *La Peur*, outre *La Bécasse* naturellement) mettent en scène chasseurs et braconniers, préservant ainsi la saveur d'un récit destiné à égayer une veillée de chasse.

Ainsi, une certaine continuité de décor et de sujet, une tonalité joyeuse qui n'exclut ni la morbidité, ni les obsessions, contribuent à faire de ce volume de contes un ouvrage à part dans l'œuvre de Maupassant, parce que d'une certaine manière il forme un tout. Mais le véritable ciment se trouve ailleurs. Ce que révèle une lecture minutieuse de ces contes, c'est la présence constante, lancinante de Gustave Flaubert, du maître dont la mort laissa son jeune disciple inconsolable, lui qui écrivait dans le premier désarroi du chagrin : « Je voudrais être mort si j'étais sûr que quelqu'un penserait à moi comme je pense à lui... »

On a vu quelle influence le maître avait exercée sur le disciple. Mais le principal enseignement de Flaubert visait à contraindre son élève à être lui-même, non à copier le maître. « Vous ne me serez fidèle, pouvait-il lui dire, que dans la mesure où vous serez vous-même! » Grande et belle leçon, où se lit le message du classicisme : ainsi Boileau et ses émules concevaient-ils l'imitation comme une imitation créatrice, non comme une servile reproduction des grandes œuvres de l'antiquité. Tant que vécut Flaubert, Maupassant s'est astreint à *être lui-même*. Si l'on peut saisir, dans les rares nouvelles écrites sous l'exigeant regard de Gustave Flaubert, quelques ressemblances fugaces avec les créations du maître de Croisset, c'est sans doute que l'un et l'autre avaient sous les yeux la même réalité normande. Ainsi pourrait-on rapprocher des récits de Barbey d'Aurevilly et de Flaubert, et Dieu sait pourtant que chacun se serait fait un scrupule de rien devoir à l'autre. Il semble en revanche que la mort de Flaubert, en laissant Maupassant moralement orphelin, ait fait naître en lui l'obsédant désir de témoigner par tous moyens pour l'ami disparu. J'ai déjà [1] dressé le relevé de tous les emprunts que *Bel-Ami* fait à l'auteur de *Madame Bovary* et de *L'Éducation sentimentale*. Précisément, *Un Normand* s'ouvre par une description de la ville de Rouen, telle qu'elle apparaît du haut de la côte de Canteleu. On retrouve cette description, un peu schématisée, dans le début du *Horla*, et, tout aussi complaisamment conduite, dans *Bel-Ami*, lorsque Du Roy et Madeleine font le voyage de Canteleu. Cette description reproduit fidèlement, et parfois mécaniquement, avec un retour des rythmes et des sonorités, la description de Rouen qui s'offre au petit matin à Emma Bovary accourant au rendez-vous avec Léon. Hymne d'amour à la métropole normande, certes, mais aussi peinture nostalgique d'un paysage tant de fois entrevu au cours des visites à Croisset, mais aussi, mais surtout, hommage au pouvoir d'évocation du maître de la phrase et des mots, pieuse offrande déposée au pied du monument que, toute sa vie durant (et surtout pendant les brèves années qui séparent la mort de Flaubert de son propre naufrage), Maupassant avait érigé dans son souvenir.

Simple coïncidence que le retour, dans l'œuvre de Maupassant, de cette description si spécifiquement flaubertienne ? Feuilletons donc ces *Contes de la Bécasse*. Le *Fanal des Charentes* n'est-il pas le frère puîné du trop célèbre *Fanal de Rouen*, cher à Homais ? Nous venons de parler du pharmacien : dans *La Rempailleuse*, le narrateur a réussi ce tour de force de peindre dans le petit Chouquet, plus tard pharmacien comme son père, à la fois les enfants Homais et Homais lui-même avec comme décor (ou peu s'en faut!) celui de l'officine d'Yonville. Apprenant que la rempailleuse de chaises l'avait aimé durant cinquante-cinq ans, il a cette réaction de bourgeois res-

1. *Quelques problèmes de création littéraire dans « Bel-Ami »* (R.H.L.F., juillet-septembre 1967, pp. 577-589).

pectable et indigné : « Oh! si je l'avais su de son vivant, je l'aurais fait arrêter par la gendarmerie et flanquer en prison... » Homais n'agit pas autrement à l'égard de l'aveugle que sa pommade antiphlogistique n'a pas réussi à guérir, et qui revient périodiquement à Yonville en faire publiquement reproche au pharmacien [1]. C'est aux personnages d'*Un cœur simple*, on l'a vu, que ressemblent Mme Lefèvre et sa servante Rose. Notre conteur, décrivant la promenade en forêt, et à cheval, de Mme Berthe d'Avancelles et du Baron Joseph de Croissard, n'avait-il pas à l'esprit la chevauchée de Rodolphe et d'Emma ? Relisons le début de *Farce normande* : on est frappé par l'identité du cortège nuptial qui s'y déploie avec celui d'Emma. Les invités sont décrits dans des termes très voisins, et avec même intention caricaturale; ici et là, même débauche de mangeaille, même humeur facétieuse chez les conviés. S'il y a dans le roman un plus grand luxe de détails, cela tient à ce que l'optique de la nouvelle impose un certain rythme, qui exclut lenteurs et fioritures.

Cette présence de Flaubert ne frappe pas seulement dans le recours aux thèmes, dans le déroulement narratif : Maupassant reprend à son aîné certaines formules. On ne croira pas à un hasard si, parlant de René de Bourneval *(Le Testament)*, l'auteur dit de lui qu'il était habile « à désarticuler d'un mot les hypocrisies mondaines », expression qui se retrouve sous la plume de Flaubert, dans *Madame Bovary :* « Son regard... vous descendait

1. Maupassant s'est encore ressouvenu de l'épisode, en écrivant *Mont-Oriol* quatre ans plus tard : l'hydrothérapie n'a guère plus d'effet sur le père Clovis que les soins d'Homais prodigués à l'aveugle. Et, réclame vivante contre la cure thermale imaginée par Andermatt, le vieux paralytique vient geindre sa déconvenue au moment le moins opportun. Et, comme Homais, « Andermatt, désolé, avait essayé de le faire emprisonner ». (*Mont-Oriol*, Ollendorff, p. 217.)

droit dans l'âme et désarticulait tout mensonge à travers les allégations et les pudeurs. » Je voudrais, pour en terminer avec ce chapitre, souligner un autre domaine où le souvenir de Flaubert reste obsédant chez Maupassant : c'est celui de l'onomastique. Que l'une des deux familles de la nouvelle *Aux Champs* se nomme Tuvache, comme le maire d'Yonville-l'Abbaye, cela ne doit point tant étonner : c'est nom courant dans le pays cauchois. Plus subtile est l'allusion, déjà mentionnée, à la *maison* de Zoraïde Turc, de *L'Éducation sentimentale*. Dans les *Contes de la Bécasse*, la nouvelle *Saint-Antoine* renvoie elle aussi à Gustave Flaubert, et de manière plus insistante encore. On sait combien la *Tentation* a hanté le romancier. Il l'a écrite et réécrite ; une foule d'œuvres de jeunesse et d'adolescence en sont comme l'amorce. Ce surnom, que les gens du voisinage donnent au fermier Antoine, bon vivant paillard, et sujet à toutes les tentations, c'est Maupassant qui le forge, et la référence à Flaubert est indéniable, de même qu'il est certain qu'en gratifiant son pensionnaire prussien de la dénomination de *cochon*, qui revient à chaque page, avec force plaisanteries qui sont autant de métaphores (« Tenez, v'là mon cochon, r'gardez-moi s'il engraisse c't'animal-là ! » — « J'le prends, Antoine, et j't'invite à manger du boudin » — « Tâte li l'ventre ? tu verras qu'il n'a qu'd'la graisse » — « Rien qu'du gras ! » — « Tout ça de la couenne ! » — « Il pèse six cents et pas de déchets. »... etc.), Maupassant avait en mémoire les nombreuses plaisanteries dont on gratifiait Gustave Flaubert le jour de la Saint-Polycarpe, où on lui souhaitait sa fête. René Dumesnil [1] rappelle que c'est Maupassant qui, le 27 avril 1880, veille de la Saint-Polycarpe, dix jours avant la mort foudroyante de Flaubert, écrivit la fameuse *lettre du cochon*, que je retranscris ci-après :

1. René Dumesnil, *Guy de Maupassant*, Armand Colin édit., p. 162.

« † Illustre Saint †

« Depui que vous avez fai un livre sur mon patron saint Antoine, l'orgueil l'a perdu, et il est devenu insupportable — il est pis qu'un cochon, sof le respec que je me dois — il ne panse pu qu'aux fame et a un tas de vilaine chose — Il me fait des proposition obcène qu'il en est dégoutan, bref je ne peu pu resté avec lui, et je viens vous demandé si vous voulez bien de moi.

« Je feré ce que vous voudré, meme des cochonerie,

« Je suis votre humble serviteur

« LE COCHON DE ST ANTOINE,

« † évêque. »

Il est impossible que les déambulations d'Antoine et de son Prussien dans la campagne normande, qui les conduisent de ferme en estaminet, tandis que tous les compères les saluent de l'apostrophe : « V'là Saint-Antoine et son cochon! » ne soient pas le clin d'œil, à la fois malicieux et poignant, donc infiniment douloureux, à l'ami si brutalement ravi. Si les *Contes de la Bécasse*, mieux : si toute l'œuvre de Maupassant, écrite *après* la mort de Flaubert, chante un poème continu à celui qui fut le guide de sa jeunesse, *Saint-Antoine* est peut-être le mouvement le plus pathétique de cette symphonie.

Quelques mots sur le choix du texte. Les *Œuvres complètes* de la Collection Ollendorff ayant été établies d'après l'édition originale de chaque volume, revue et approuvée par l'auteur, il nous a paru que ce devait être le texte de référence. Nous avons redressé de-ci de-là quelques coquilles et lapsus, rectifié une ponctuation parfois défaillante, et, lorsque cela était absolument nécessaire, modifié le texte d'après la version parue dans le journal *(Gil Blas* ou *Le Gaulois)* qui a donné la primeur du conte à ses lecteurs : ces modifications figurent dans le texte entre crochets droits. Comme on le verra, cela s'est produit un nombre rarissime de fois.

Roger BISMUT.

BIBLIOGRAPHIE

Le texte

Nous indiquons, au début de chaque conte, dans une note, le journal (*Gil Blas* ou *Le Gaulois*) dans lequel il a été publié pour la première fois, ainsi que la date de cette publication.

Les éditions (l'originale comme les éditions subséquentes) s'écartent, de manière parfois notable, de ce premier état du texte. Dans un petit nombre de cas, nous avons préféré le texte primitif, persuadé que le texte imprimé ne répondait pas aux véritables intentions de l'auteur.

ŒUVRES DE MAUPASSANT

Contes et nouvelles

Contes et nouvelles, éd. Albert-Marie Schmidt, avec la collaboration de Gérard Delaisement, Albin Michel, 1959-1960, 2 vol.

Contes et nouvelles, préface d'Armand Lanoux, éd. Louis Forestier, Gallimard, « Bibliothèque de la Pléiade », 1974-1979, 2 vol.

Contes et nouvelles, éd. Brigitte Monglond, Robert Laffont, « Bouquins », 1988, 2 vol.

Contes de la bécasse

Contes de la bécasse, Rouveyre et Blond, 1883 ; rééd. Victor Havard, 1887.

Contes de la bécasse, Ollendorff, 1901 (*Œuvres complètes illustrées* de Guy de Maupassant, t. VI).

Contes de la bécasse. Clair de lune. Contes divers, préface de Pascal Pia, Cercle du bibliophile, M. Gonon, 1969.

Boule de suif et autres contes normands, éd. Marie-Claire Bancquart, Garnier frères, « Classiques Garnier », 1971. (Certains récits des *Contes de la bécasse* y sont reproduits.)

Contes de la bécasse, éd. Hubert Juin, Gallimard, « Folio », 1979.

Contes de la bécasse et autres contes de chasseurs, éd. Hélène Lassalle et Annie Soler, Pocket Classiques, 1991.

Contes de la bécasse, préface de Jacques Chessex (« Le soleil noir de Maupassant »), Le Livre de Poche, 1998.

Contes de la bécasse, éd. Évelyne Amon, Larousse, « Petits Classiques », 2003.

Bibliographies

ARTINIAN Artine, *Maupassant Criticism in France, 1880-1940, with an Inquiry into his Present Fame and a Bibliography*, New York, Russel and Russel, 1941 ; 2e éd. 1969.

ARTINIAN Robert Willard, et Artine, *Maupassant Criticism : A Centennial Bibliography, 1880-1979*, London, McFarland, 1982.

BENHAMOU Noëlle, LECLERC Yvan, et VINCENT Emmanuel (dir.), *Bibliographie Maupassant*, Rome, Memini, 2008, 2 vol.

BENHAMOU Noëlle, *Bibliographie de Guy de Maupassant*, publication évolutive sur le site *Maupassantiana* : http://www.maupassantiana.fr

FORESTIER Louis, « Bibliographie » dans MAUPASSANT, *Contes et nouvelles*, Gallimard, « Bibliothèque de la Pléiade », t. II, 1979, p. 1725-1745.

MONTENS Frans, *Bibliographie van Geschriften over Guy de Maupassant*, Leyde, Bange Duivel, 1976.

Ouvrages sur la vie et l'œuvre de Maupassant

ARTINIAN Artine, *Pour et contre Maupassant, enquête internationale. 147 témoignages inédits*, Nizet, 1955.

BAYARD Pierre, *Maupassant, juste avant Freud*, Minuit, 1994.

BONNEFIS Philippe, *Comme Maupassant*, Lille, Presses universitaires de Lille, 1981 ; rééd. 1985 et 1993.

—, *Sept Portraits perfectionnés de Guy de Maupassant*, Galilée, 2005.

BURY Mariane, *La Poétique de Maupassant*, SEDES, 1994.

COGNY Pierre, *Maupassant l'homme sans Dieu*, Bruxelles, La Renaissance du livre, 1958.

DELAISEMENT Gérard, *La Modernité de Maupassant*, Rive droite, 1995.

DUMESNIL René, *Guy de Maupassant*, Armand Colin, 1933 ; rééd. Tallandier, 1947, 1999.

FONYI Antonia, *Maupassant 1993*, Kimé, 1993.

GREGORIO Lawrence A., *Maupassant's Fiction and the Darwinian View of Life*, New York, Peter Lang, 2005.

JOHNSTON Marlo, *Guy de Maupassant*, Fayard, « Biographies littéraires », 2012.

LANOUX Armand, *Maupassant le Bel-Ami*, Fayard, 1967 ; rééd. Le Livre de Poche, 1983.

LUMBROSO Albert, *Souvenirs sur Maupassant. Sa dernière maladie. Sa mort*, Rome, Bocca, 1905 ; photoreproduction Milton Keynes, 2010.

MORAND Paul, *La Vie de Guy de Maupassant*, Flammarion, 1941 ; rééd. 1958.

RÉDA Jacques, *Album Maupassant*, Gallimard, « Bibliothèque de la Pléiade », 1987.

SALEM Jean, *Philosophie de Maupassant*, Ellipses, 2000.

SATIAT Nadine, *Maupassant*, Flammarion, « Grandes biographies », 2003.

SCHMIDT Albert-Marie, *Maupassant par lui-même*, Seuil, 1962.

TASSART François, *Souvenirs sur Guy de Maupassant par François, son valet de chambre*, Plon-Nourrit, 1911.

—, *Nouveaux Souvenirs intimes sur Guy de Maupassant* (inédits), texte établi, annoté et présenté par Pierre Cogny, Nizet, 1962.

THORAVAL Jean, *L'Art de Maupassant d'après ses variantes*, Imprimerie nationale, 1950.

THUMEREL Thérèse et Fabrice, *Maupassant*, Armand Colin, « Thèmes et œuvres », 1992.

VIAL André, *Maupassant et l'art du roman*, Nizet, 1954.

WILLI Kurt, *Déterminisme et liberté chez Guy de Maupassant*, Zurich, Juris, 1972.

Sites internet

Maupassantiana, site et revue électronique, par Noëlle Benhamou : http://www.maupassantiana.fr

Maupassant par les textes, site de l'Association des amis de Guy de Maupassant, par Thierry Selva : http://maupassant.free.fr

Association des amis de Gustave Flaubert et de Guy de Maupassant : http://www.amis-flaubert-maupassant.fr

Études sur les nouvelles de Maupassant

BANCQUART Marie-Claire, *Maupassant conteur fantastique*, Minard, Lettres modernes, 1976.

BEN FARHAT Arselène, *La Structure de l'enchâssement dans les contes et nouvelles de Guy de Maupassant*, avant-propos de Didier Coste, Sfax, Imprimerie Reliure d'art, 2006.

BUISINE Alain, « Prose tombale », *Revue des sciences humaines*, n° 4, 1975.

BURY Mariane, « Rhétorique de Maupassant ou les figures du style simple », *Études normandes*, n° 3, 1988, p. 63-69.

—, « Récit court et langage dramatique : l'*effet* dans la poétique de Maupassant », dans *Maupassant conteur et romancier*, actes du colloque de Durham, University of Durham, « Durham Modern Languages Series », 1994, p. 125-133.

CALÌ Andrea, « Histoire encadrante et histoire encadrée, ou la réception du conte maupassantien », *La Narration et le sens. Études sur Barbey d'Aurevilly, Villiers de l'Isle-Adam, Maupassant et Balzac*, Lecce, Millela, 1986, p. 101-129.

CASTELLA Charles, *Les Contes et nouvelles réalistes de Maupassant. Lecture sociogénétique*, préface de Claude Duchet, Lausanne, L'Âge d'homme, 2000.

COGNY Pierre, « La rhétorique trompeuse de la description dans les paysages normands de Maupassant », *Le Paysage normand dans la littérature et dans l'art*, PUF, 1980, p. 159-168.

DEMONT Bernard, *Représentations spatiales et narration dans les contes et nouvelles de Guy de Maupassant*, Honoré Champion, 2005.

DONALDSON-EVANS Mary K., « Maupassant et le carcan de la nouvelle », *Les Cahiers naturalistes*, n° 74, 2000, p. 75-82.

DUNCAN Janice M., *Violence in the Short Stories of Guy de Maupassant*, University of Nebraska, Lincoln, 1991.

FÄRNLOF Hans, *L'Art du récit court. Pantins et parasites dans les nouvelles de Maupassant*, Edsbruk, Akademitryck AB, « Cahiers de la recherche », 2000.

FONYI Antonia, « La nouvelle chez Maupassant. Le matériau de la psychose et l'armature du genre », *Maupassant. Miroir de la nouvelle*, Saint-Denis, Presses universitaires de Vincennes, 1988, p. 71-85.

GAMARRA Pierre, « Maupassant et l'art de la nouvelle », *Europe*, juillet-août 1950, p. 226-231.

GIACCHETTI Claudine, « La structure narrative des nouvelles de Maupassant », *Neophilologus*, janvier 1981, p. 15-20.

GRANDADAM Emmanuèle, *Contes et nouvelles de Maupassant : pour une poétique du recueil*, avec une préface de Philippe Hamon, Publications des universités de Rouen et du Havre, 2007.

HAEZEWINDT Bernard P. R., *Guy de Maupassant : de l'anecdote au conte littéraire*, Amsterdam, Rodopi, 1993.

HOEK Leo Huib, « La segmentation de l'annonce argumentative-commentative dans les *Contes et nouvelles* de Maupassant », *Studia poetica*, n° 8, 1985, p. 57-94.

LEHMAN Tuula, *Transitions savantes et dissimulées : une étude structurelle des Contes et nouvelles de Maupassant*, Helsinki, Societas Scientarum Fennica, 1990.

LICARI Carmen, « Le lecteur des contes de Maupasant », *Francofonia*, n° 3, automne 1982, p. 91-103.

MACNAMARA Matthew, *Style and vision in Maupassant's Nouvelles*, Berne, Francfort et New York, Peter Lang, 1986.

PARIS Jean, « Maupassant et le contre-récit » dans *Le Point aveugle. Univers parallèles II. Poésie, Roman*, Seuil, 1975.

PLACE-VERGHNES Floriane, *Jeux pragmatiques dans les Contes et nouvelles de Guy de Maupassant*, Champion, 2005.

RITCHIE Adrian, « Maupassant en 1881 : entre le conte et la chronique », *Guy de Maupassant*, dir. Noëlle Benhamou, Amsterdam et New York, Rodopi, CRIN, n° 48, 2007, p. 11-20.

SCHAPIRA Charlotte, « La technique du récit englobé dans les contes de Maupassant », *Neophilologus*, n° 71, 1987, p. 513-522.

SULLIVAN Edward Daniel, *Maupassant : The Short Stories*, London, Edward Arnold LTD, 1962 ; rééd. 1971.

—, « Maupassant et la nouvelle », *CAIEF*, n° 27, mai 1995, p. 223-236.

Ouvrages collectifs

Europe, numéro spécial *Maupassant*, juin 1969.

Le Naturalisme, Union générale d'édition, « 10/18 », 1978.

Maupassant. Miroir de la nouvelle, Saint-Denis, Presses universitaires de Vincennes, 1988.

Lendemains, dossier *Maupassant dénaturé*, nº 52, 1989.

Maupassant et l'écriture, Nathan, 1993.

L'École des lettres II, numéro spécial *Maupassant I*, t. LXXXIV, nº 13, 1er juin 1993.

Europe, numéro spécial *Maupassant*, août-septembre 1993.

Revue des Deux Mondes, dossier *Guy de Maupassant*, 6 juin 1993.

Maupassant conteur et romancier, University of Durham, 1994.

Revue d'Histoire littéraire de la France, numéro spécial *Maupassant*, nº 5, 1994.

Revue des Sciences humaines, numéro spécial *Imaginer Maupassant*, nº 3, 1994.

Maupassant au pays du soleil, Klincksieck, 1999.

Maupassant aujourd'hui, éd. Laure Helms et Jean-Louis Cabanès, *Ritm*, nº 39, 2008.

Ouvrages et articles sur les Contes de la bécasse

ANTOINE Régis, « Structure de la tentation dans les contes cauchois de Maupassant, *Les Amis de Flaubert*, nº 38, 1971, p. 34-36.

BANCQUART Marie-Claire, « Maupassant et le pays de Caux », *Bulletin Flaubert-Maupassant*, nº 24, 2009, p. 53-56.

BONNEFIS Philippe, *Trois Figures de l'amateur de propre : Zola, Maupassant, Vallès*, thèse d'État, sous la direction de Jean Levaillant, Vincennes, Publications de l'université Paris VIII, 1978, chap. VII-IX.

FARINA SCARPA Graziella, « Manger toscan ? manger normand ? Représentation du rôle de la nourriture dans les *Contes de la bécasse* de Guy de Maupassant et *Le Veglie di Neri* de Renato Fucini », in *Le Populaire à table. Le boire et le manger aux XIXe et XXe siècles*, actes du colloque de Roanne, Saint-Étienne, PUSE, 2005, p. 191-201.

PIHAN Yves, « Guy de Maupassant, les *Contes de la bécasse* », *L'École des lettres premier cycle*, LXIX, 1, septembre 1977, p. 61-64.

TICHIT Michel, *Contes de la bécasse de Guy de Maupassant, étude d'une œuvre intégrale*, Mont Saint-Aignan, Centre régional de documentation pédagogique de Rouen, 1993.

TRANOUEZ Pierre, « Sur deux *Contes de la bécasse* : *Pierrot* et *Aux champs* », *L'École des lettres des collèges*, n° 1, septembre 1990, p. 21-35.

Adaptations cinématographiques, télévisuelles et audiovisuelles des Contes de la bécasse

Aux champs, téléfilm d'Hervé Baslé, 1986.
Aux champs, téléfilm d'Olivier Schatzky, 2008.
Ce cochon de Morin, film de Victor Tourjansky, 1924.
Ce cochon de Morin, film de Georges Lacombe, 1932.
Ce cochon de Morin, téléfilm de Laurent Heynemann, 2008.
La Folle, téléfilm de Claude Santelli, 1989.
La Peur, film d'André Gardies, 1974.
La Terreur des dames, film de Jean Boyer d'après « Ce cochon de Morin », 1955.
Les Contes de la bécasse, lus par Yves Nayrolles, Livraphone, « Beaux textes et musique », 2006.
Père inconnu, film de Vladislav Naoumov d'après « Un fils », 2000.

LA BÉCASSE

LA BÉCASSE[1]

Le vieux baron des Ravots avait été pendant quarante ans le roi des chasseurs de sa province. Mais, depuis cinq à six années, une paralysie des jambes le clouait à son fauteuil ; il ne pouvait plus que tirer des pigeons de la fenêtre de son salon ou du haut de son grand perron.

Le reste du temps il lisait.

C'était un homme de commerce aimable chez qui était resté beaucoup de l'esprit lettré du dernier siècle. Il adorait les contes, les petits contes polissons, et aussi les histoires vraies arrivées dans son entourage. Dès qu'un ami entrait chez lui, il demandait :

— Eh bien, rien de nouveau ?

Et il savait interroger à la façon du juge d'instruction.

Par les jours de soleil il faisait rouler

1. Ce conte, qui constitue l'entrée en matière du volume, a été publié conjointement avec « La Folle » dans « Le Gaulois » du 5 décembre 1882.

devant la porte son large fauteuil pareil à un lit. Un domestique, derrière son dos, tenait les fusils, les chargeait et les passait à son maître; un autre valet, caché dans un massif, lâchait un pigeon de temps en temps, à des intervalles irréguliers, pour que le baron ne fût pas prévenu et demeurât en éveil.

Et, du matin au soir, il tirait les oiseaux rapides, se désolant quand il s'était laissé surprendre, et riant aux larmes quand la bête tombait d'aplomb ou faisait quelque culbute inattendue et drôle. Il se tournait alors vers le garçon qui chargeait les armes, et il demandait, en suffoquant de gaieté :

— Y est-il, celui-là, Joseph! As-tu vu comme il est descendu ?

Et Joseph répondait invariablement :

— Oh! Monsieur le baron ne les manque pas.

A l'automne, au moment des chasses, il invitait, comme à l'ancien temps, ses amis, et il aimait entendre au loin les détonations. Il les comptait, heureux quand elles se précipitaient. Et, le soir, il exigeait de chacun le récit fidèle de sa journée.

Et on restait trois heures à table en racontant des coups de fusil.

C'étaient d'étranges et invraisemblables aventures, où se complaisait l'humeur hâbleuse des chasseurs. Quelques-unes avaient fait date et revenaient régulièrement. L'histoire d'un lapin que le petit vicomte de

Bourril avait manqué dans son vestibule les faisait se tordre chaque année de la même façon. Toutes les cinq minutes un nouvel orateur prononçait :

— J'entends : « Birr! Birr! » et une compagnie magnifique me part à dix pas. J'ajuste : pif! paf! j'en vois tomber une pluie, une vraie pluie. Il y en avait sept!

Et tous, étonnés, mais réciproquement crédules, s'extasiaient.

Mais il existait dans la maison une vieille coutume, appelée le « conte de la Bécasse ».

Au moment du passage de cette reine des gibiers, la même cérémonie recommençait à chaque dîner.

Comme il adorait l'incomparable oiseau, on en mangeait tous les soirs un par convive; mais on avait soin de laisser dans un plat toutes les têtes.

Alors le baron, officiant comme un évêque, se faisait apporter sur une assiette un peu de graisse, oignait avec soin les têtes précieuses en les tenant par le bout de la mince aiguille qui leur sert de bec. Une chandelle allumée était posée près de lui, et tout le monde se taisait, dans l'anxiété de l'attente.

Puis il saisissait un des crânes ainsi préparés, le fixait sur une épingle, piquait l'épingle sur un bouchon, maintenait le tout en équilibre au moyen de petits bâtons croisés comme des balanciers, et plantait délicatement cet appareil sur un goulot de bouteille en manière de tourniquet.

Tous les convives comptaient ensemble, d'une voix forte :

— Une, — deux, — trois.

Et le baron, d'un coup de doigt, faisait vivement pivoter ce joujou.

Celui des invités que désignait, en s'arrêtant, le long bec pointu devenait maître de toutes les têtes, régal exquis qui faisait loucher ses voisins.

Il les prenait une à une et les faisait griller sur la chandelle. La graisse crépitait, la peau rissolée fumait, et l'élu du hasard croquait le crâne suiffé en le tenant par le nez et en poussant des exclamations de plaisir.

Et chaque fois les dîneurs, levant leurs verres, buvaient à sa santé.

Puis, quand il avait achevé le dernier, il devait, sur l'ordre du baron, conter une histoire pour indemniser les déshérités.

Voici quelques-uns de ces récits :

CE COCHON DE MORIN

CE COCHON DE MORIN [1]

I

A M. Oudinot.

— Ça, mon ami, dis-je à Labarbe, tu viens encore de prononcer ces quatre mots, « ce cochon de Morin ». Pourquoi, diable, n'ai-je jamais entendu parler de Morin sans qu'on le traitât de « cochon » ?

Labarbe, aujourd'hui député, me regarda avec des yeux de chat-huant. — Comment, tu ne sais pas l'histoire de Morin, et tu es de La Rochelle ?

J'avouai que je ne savais pas l'histoire de Morin. Alors Labarbe se frotta les mains et commença son récit.

— Tu as connu Morin, n'est-ce pas, et tu te rappelles son grand magasin de mercerie sur le quai de La Rochelle ?

— Oui, parfaitement.

— Eh bien, sache qu'en 1862 ou 63

1. « Gil Blas » du 21 novembre 1882. Publié sous le pseudonyme de *Maufrigneuse*.

Morin alla passer quinze jours à Paris, pour son plaisir, ou ses plaisirs, mais sous prétexte de renouveler ses approvisionnements. Tu sais ce que sont, pour un commerçant de province, quinze jours de Paris. Cela vous met le feu dans le sang. Tous les soirs, des spectacles, des frôlements de femmes, une continuelle excitation d'esprit. On devient fou. On ne voit plus que danseuses en maillot, actrices décolletées, jambes rondes, épaules grasses, tout cela presque à portée de la main, sans qu'on ose ou qu'on puisse y toucher. C'est à peine si on goûte, une fois ou deux, à quelques mets inférieurs. Et l'on s'en va le cœur encore tout secoué, l'âme émoustillée, avec une espèce de démangeaison de baisers qui vous chatouillent les lèvres.

Morin se trouvait dans cet état, quand il prit son billet pour La Rochelle par l'express de 8 h 40 du soir, et il se promenait plein de regrets et de trouble dans la grande salle commune du chemin de fer d'Orléans, quand il s'arrêta net devant une jeune femme qui embrassait une vieille dame. Elle avait relevé sa voilette, et Morin, ravi, murmura : « Bigre, la belle personne ! »

Quand elle eut fait ses adieux à la vieille, elle entra dans la salle d'attente, et Morin la suivit ; puis elle passa sur le quai, et Morin la suivit encore ; puis elle monta dans un wagon vide, et Morin la suivit toujours.

Il y avait peu de voyageurs pour l'express. La locomotive siffla; le train partit. Ils étaient seuls.

Morin la dévorait des yeux. Elle semblait avoir dix-neuf à vingt ans; elle était blonde, grande, d'allure hardie. Elle roula autour de ses jambes une couverture de voyage, et s'étendit sur les banquettes pour dormir.

Morin se demandait : « Qui est-ce ? » Et mille suppositions, mille projets lui traversaient l'esprit. Il se disait : « On raconte tant d'aventures de chemin de fer. C'en est une peut-être qui se présente pour moi. Qui sait ? une bonne fortune est si vite arrivée. Il me suffirait peut-être d'être audacieux. N'est-ce pas Danton qui disait : « De l'audace, de l'audace, et toujours de l'audace » ? Si ce n'est pas Danton, c'est Mirabeau. Enfin, qu'importe. Oui, mais je manque d'audace, voilà le hic. Oh! Si on savait, si on pouvait lire dans les âmes! Je parie qu'on passe tous les jours, sans s'en douter, à côté d'occasions magnifiques. Il lui suffirait d'un geste pourtant pour m'indiquer qu'elle ne demande pas mieux... »

Alors, il supposa des combinaisons qui le conduisaient au triomphe. Il imaginait une entrée en rapport chevaleresque; des petits services qu'il lui rendait; une conversation vive, galante, finissant par une déclaration qui finissait par... par ce que tu penses.

La nuit cependant s'écoulait et la belle

enfant dormait toujours, tandis que Morin méditait sa chute. Le jour parut, et bientôt le soleil lança son premier rayon, un long rayon clair venu de l'horizon, sur le doux visage de la dormeuse.

Elle s'éveilla, s'assit, regarda la campagne, regarda Morin et sourit. Elle sourit en femme heureuse, d'un air engageant et gai. Morin tressaillit. Pas de doute, c'était pour lui ce sourire-là, c'était bien une invitation discrète, le signal rêvé qu'il attendait. Il voulait dire, ce sourire : « Etes-vous bête, êtes-vous niais, êtes-vous jobard, d'être resté là, comme un pieu, sur votre siège depuis hier soir.

« Voyons, regardez-moi, ne suis-je pas charmante ? Et vous demeurez comme ça toute une nuit en tête à tête avec une jolie femme sans rien oser, grand sot. »

Elle souriait toujours en le regardant ; elle commençait même à rire ; et il perdait la tête, cherchant un mot de circonstance, un compliment, quelque chose à dire enfin, n'importe quoi. Mais il ne trouvait rien, rien. Alors, saisi d'une audace de poltron, il pensa : « Tant pis, je risque tout » ; et brusquement, sans crier « gare », il s'avança, les mains tendues, les lèvres gourmandes, et, la saisissant à pleins bras, il l'embrassa.

D'un bond elle fut debout, criant : « Au secours », hurlant d'épouvante. Et elle ouvrit la portière ; elle agita ses bras dehors, folle de peur, essayant de sauter, tandis que Morin éperdu, persuadé qu'elle allait se précipiter sur la voie, la retenait par sa jupe en bégayant : « Madame... oh!... Madame. »

Le train ralentit sa marche, s'arrêta. Deux employés se précipitèrent aux signaux désespérés de la jeune femme qui tomba dans leurs bras en balbutiant : « Cet homme a voulu... a voulu... me... me... » Et elle s'évanouit.

On était en gare de Mauzé. Le gendarme présent arrêta Morin.

Quand la victime de sa brutalité eut repris connaissance, elle fit sa déclaration. L'autorité verbalisa. Et le pauvre mercier ne put regagner son domicile que le soir, sous le coup d'une poursuite judiciaire pour outrage aux bonnes mœurs dans un lieu public.

II

J'étais alors rédacteur en chef du *Fanal des Charentes*, et je voyais Morin, chaque soir, au café du Commerce.

Dès le lendemain de son aventure, il vint me trouver, ne sachant que faire. Je ne lui cachai pas mon opinion : « Tu n'es qu'un cochon. On ne se conduit pas comme ça. »

Il pleurait; sa femme l'avait battu; et il voyait son commerce ruiné, son nom dans la boue, déshonoré, ses amis, indignés, ne le saluant plus. Il finit par me faire pitié, et j'appelai mon collaborateur Rivet, un petit homme goguenard et de bon conseil, pour prendre ses avis.

Il m'engagea à voir le procureur impérial, qui était de mes amis. Je renvoyai Morin chez lui et je me rendis chez ce magistrat.

J'appris que la femme outragée était une jeune fille, Mlle Henriette Bonnel, qui venait de prendre à Paris ses brevets d'institutrice et qui, n'ayant plus ni père ni mère, passait ses vacances chez son oncle et sa tante, braves petits bourgeois de Mauzé.

Ce qui rendait grave la situation de Morin, c'est que l'oncle avait porté plainte. Le ministère public consentait à laisser tomber l'affaire si cette plainte était retirée. Voilà ce qu'il fallait obtenir.

Je retournai chez Morin. Je le trouvai dans son lit, malade d'émotion et de chagrin. Sa femme, une grande gaillarde osseuse et barbue, le maltraitait sans repos. Elle m'introduisit dans la chambre en me criant par la figure : « Vous venez voir ce cochon de Morin ? Tenez, le voilà, le coco ! »

Et elle se planta devant le lit, les poings sur les hanches. J'exposai la situation ; et il me supplia d'aller trouver la famille. La mission était délicate ; cependant je l'acceptai. Le pauvre diable ne cessait de répéter : « Je t'assure que je ne l'ai pas même embrassée, non, pas même. Je te le jure ! »

Je répondis : « C'est égal, tu n'es qu'un cochon. » Et je pris mille francs qu'il m'abandonna pour les employer comme je le jugerais convenable.

Mais comme je ne tenais pas à m'aventurer seul dans la maison des parents, je priai Rivet de m'accompagner. Il y consentit, à la condition qu'on partirait immédiatement, car il avait, le lendemain dans l'après-midi, une affaire urgente à La Rochelle.

Et, deux heures plus tard, nous sonnions

à la porte d'une jolie maison de campagne. Une belle jeune fille vint nous ouvrir. C'était elle assurément. Je dis tout bas à Rivet : « Sacrebleu, je commence à comprendre Morin. »

L'oncle, M. Tonnelet, était justement un abonné du *Fanal*, un fervent coreligionnaire politique qui nous reçut à bras ouverts, nous félicita, nous congratula, nous serra les mains, enthousiasmé d'avoir chez lui les deux rédacteurs de son journal. Rivet me souffla dans l'oreille : « Je crois que nous pourrons arranger l'affaire de ce cochon de Morin. »

La nièce s'était éloignée; et j'abordai la question délicate. J'agitai le spectre du scandale; je fis valoir la dépréciation inévitable que subirait la jeune personne après le bruit d'une pareille affaire, car on ne croirait jamais à un simple baiser.

Le bonhomme semblait indécis; mais il ne pouvait rien décider sans sa femme qui ne rentrerait que tard dans la soirée. Tout à coup il poussa un cri de triomphe : « Tenez, j'ai une idée excellente. Je vous tiens je vous garde. Vous allez dîner et coucher ici tous les deux; et, quand ma femme sera revenue, j'espère que nous nous entendrons. »

Rivet résistait; mais le désir de tirer d'affaire ce cochon de Morin le décida, et nous acceptâmes l'invitation.

L'oncle se leva radieux, appela sa nièce, et nous proposa une promenade dans sa propriété, en proclamant : « A ce soir les affaires sérieuses. »

Rivet et lui se mirent à parler politique. Quant à moi, je me trouvai bientôt à quelques pas en arrière, à côté de la jeune fille. Elle était vraiment charmante, charmante !

Avec des précautions infinies, je commençai à lui parler de son aventure pour tâcher de m'en faire une alliée.

Mais elle ne parut pas confuse le moins du monde ; elle m'écoutait de l'air d'une personne qui s'amuse beaucoup.

Je lui disais : « Songez donc, mademoiselle, à tous les ennuis que vous aurez. Il vous faudra comparaître devant le tribunal, affronter les regards malicieux, parler en face de tout ce monde, raconter publiquement cette triste scène du wagon. Voyons, entre nous, n'auriez-vous pas mieux fait de ne rien dire, de remettre à sa place ce polisson sans appeler les employés, et de changer simplement de voiture ? »

Elle se mit à rire. « C'est vrai ce que vous dites ! mais que voulez-vous ? J'ai eu peur ; et, quand on a peur, on ne raisonne plus. Après avoir compris la situation, j'ai bien regretté mes cris ; mais il était trop tard. Songez aussi que cet imbécile s'est jeté sur moi comme un furieux, sans prononcer un mot, avec une figure de fou. Je ne savais même pas ce qu'il me voulait. »

Elle me regardait en face, sans être troublée ou intimidée. Je me disais : « Mais c'est une gaillarde, cette fille. Je comprends que ce cochon de Morin se soit trompé. »

Je repris en badinant : « Voyons, mademoiselle, avouez qu'il était excusable, car, enfin, on ne peut pas se trouver en face d'une aussi belle personne que vous sans éprouver le désir absolument légitime de l'embrasser. »

Elle rit plus fort, toutes les dents au vent : « Entre le désir et l'action, monsieur, il y a place pour le respect. »

La phrase était drôle, bien que peu claire. Je demandai brusquement : « Eh bien, voyons, si je vous embrassais, moi, maintenant, qu'est-ce que vous feriez ? »

Elle s'arrêta pour me considérer du haut en bas, puis elle dit tranquillement : « Oh, vous, ce n'est pas la même chose. »

Je le savais bien, parbleu, que ce n'était pas la même chose, puisqu'on m'appelait dans toute la province « le beau Labarbe ». J'avais trente ans, alors, mais je demandai : « Pourquoi ça ? »

Elle haussa les épaules, et répondit : « Tiens! parce que vous n'êtes pas aussi bête que lui. » Puis elle ajouta, en me regardant en dessous : « Ni aussi laid. »

Avant qu'elle eût pu faire un mouvement pour m'éviter, je lui avais planté un bon baiser sur la joue. Elle sauta de côté, mais trop tard. Puis elle dit : « Eh bien! vous n'êtes pas gêné non plus, vous. Mais ne recommencez pas ce jeu-là. »

Je pris un air humble et je dis à mi-voix : « Oh! mademoiselle, quant à moi, si j'ai un désir au cœur, c'est de passer devant un tribunal pour la même cause que Morin. »

Elle demanda à son tour : « Pourquoi ça ? » Je la regardai au fond des yeux sérieusement. « Parce quc vous êtes une des plus belles créatures qui soient; parce que ce serait pour moi un brevet, un titre, une gloire, que d'avoir voulu vous violenter. Parce qu'on dirait, après vous avoir vue : « Tiens, Labarbe n'a pas volé ce qui lui arrive, mais il a de la chance tout de même. »

Elle se remit à rire de tout son cœur.

« Etes-vous drôle ? » Elle n'avait pas fini le mot « *drôle* » que je la tenais à pleins bras et je lui jetais des baisers voraces partout où je trouvais une place, dans les cheveux, sur le front, sur les yeux, sur la bouche parfois, sur les joues, par toute la tête, dont elle découvrait toujours malgré elle un coin pour garantir les autres.

A la fin, elle se dégagea, rouge et blessée. « Vous êtes un grossier, monsieur, et vous me faites repentir de vous avoir écouté. »

Je lui saisis la main, un peu confus, balbutiant : « Pardon, pardon, mademoiselle. Je vous ai blessée; j'ai été brutal! Ne m'en voulez pas. Si vous saviez!... » Je cherchais vainement une excuse.

Elle prononça, au bout d'un moment : « Je n'ai rien à savoir, monsieur. »

Mais j'avais trouvé ; je m'écriai : « Mademoiselle, voici un an que je vous aime ! »

Elle fut vraiment surprise et releva les yeux. Je repris : « Oui, mademoiselle, écoutez-moi. Je ne connais pas Morin et je me moque bien de lui. Peu m'importe qu'il aille en prison et devant les tribunaux. Je vous ai vue ici, l'an passé ; vous étiez là-bas devant la grille. J'ai reçu une secousse en vous apercevant et votre image ne m'a plus quitté. Croyez-moi ou ne me croyez pas, peu m'importe. Je vous ai trouvée adorable ; votre souvenir me possédait ; j'ai voulu vous revoir ; j'ai saisi le prétexte de cette bête de Morin ; et me voici. Les circonstances m'ont fait passer les bornes ; pardonnez-moi, je vous en supplie, pardonnez-moi. »

Elle guettait la vérité dans mon regard, prête à sourire de nouveau ; et elle murmura : « Blagueur ! »

Je levai la main, et, d'un ton sincère (je crois même que j'étais sincère) : « Je vous jure que je ne mens pas. »

Elle dit simplement : « Allons donc ! »

Nous étions seuls, tout seuls, Rivet et l'oncle ayant disparu dans les allées tournantes ; et je lui fis une vraie déclaration, longue, douce, en lui pressant et lui baisant les doigts. Elle écoutait cela comme une chose agréable et nouvelle, sans bien savoir ce qu'elle en devait croire.

Je finissais par me sentir troublé, par penser ce que je disais; j'étais pâle, oppressé, frissonnant; et, doucement, je lui pris la taille.

Je lui parlais tout bas dans les petits cheveux frisés de l'oreille. Elle semblait morte, tant elle restait rêveuse.

Puis sa main rencontra la mienne et la serra; je pressai lentement sa taille d'une étreinte tremblante et toujours grandissante; elle ne remuait plus du tout; j'effleurais sa joue de ma bouche; et tout à coup mes lèvres, sans chercher, trouvèrent les siennes. Ce fut un long, long baiser; et il aurait encore duré longtemps, si je n'avais entendu « hum, hum » à quelques pas derrière moi.

Elle s'enfuit à travers un massif. Je me retournai et j'aperçus Rivet qui me rejoignait.

Il se campa au milieu du chemin, et, sans rire : « Eh bien! c'est comme ça que tu arranges l'affaire de ce cochon de Morin ? »

Je répondis avec fatuité : « On fait ce qu'on peut, mon cher. Et l'oncle ? Qu'en as-tu obtenu ? Moi, je réponds de la nièce. »

Rivet déclara : « J'ai été moins heureux avec l'oncle. »

Et je lui pris le bras pour rentrer.

III

Le dîner acheva de me faire perdre la tête. J'étais à côté d'elle et ma main sans cesse rencontrait sa main sous la nappe ; mon pied pressait son pied ; nos regards se joignaient, se mêlaient.

On fit ensuite un tour au clair de lune et je lui murmurai dans l'âme toutes les tendresses qui me montaient du cœur. Je la tenais serrée contre moi, l'embrassant à tout moment, mouillant mes lèvres aux siennes. Devant nous, l'oncle et Rivet discutaient. Leurs ombres les suivaient gravement sur le sable des chemins.

On rentra. Et bientôt l'employé du télégraphe apporta une dépêche de la tante annonçant qu'elle ne reviendrait que le lendemain matin, à sept heures, par le premier train.

L'oncle dit : « Eh bien, Henriette, va montrer leurs chambres à ces messieurs. » On serra la main du bonhomme et on monta.

Elle nous conduisit d'abord dans l'appartement de Rivet, et il me souffla dans l'oreille : « Pas de danger qu'elle nous ait menés chez toi d'abord. » Puis elle me guida vers mon lit. Dès qu'elle fut seule avec moi, je la saisis de nouveau dans mes bras, tâchant d'affoler sa raison et de culbuter sa résistance. Mais, quand elle se sentit tout près de défaillir, elle s'enfuit.

Je me glissai entre mes draps, très contrarié, très agité, et très penaud, sachant bien que je ne dormirais guère, cherchant quelle maladresse j'avais pu commettre, quand on heurta doucement ma porte.

Je demandai : « Qui est là ? »

Une voix légère répondit : « Moi. »

Je me vêtis à la hâte; j'ouvris; elle entra. « J'ai oublié, dit-elle, de vous demander ce que vous prenez le matin : du chocolat, du thé, ou du café ? »

Je l'avais enlacée impétueusement, la dévorant de caresses, bégayant : « Je prends... je prends... je prends... » Mais elle me glissa entre les bras, souffla ma lumière, et disparut.

Je restai seul, furieux, dans l'obscurité, cherchant des allumettes, n'en trouvant pas. J'en découvris enfin et je sortis dans le corridor, à moitié fou, mon bougeoir à la main.

Qu'allais-je faire ? Je ne raisonnais plus; je voulais la trouver; je la voulais. Et je fis quelques pas sans réfléchir à rien. Puis, je pensai brusquement : « Mais si j'entre chez l'oncle ? que dirais-je ?... » Et je demeurai immobile, le cerveau vide, le cœur battant. Au bout de plusieurs secondes, la réponse me vint : « Parbleu ! je dirai que je cherchais la chambre de Rivet pour lui parler d'une chose urgente. »

Et je me mis à inspecter les portes, m'efforçant de découvrir la sienne, à elle. Mais rien ne pouvait me guider. Au hasard, je pris une clef que je tournai. J'ouvris, j'entrai... Henriette, assise dans son lit, effarée, me regardait.

Alors je poussai doucement le verrou ; et, m'approchant sur la pointe des pieds, je lui dis : « J'ai oublié, mademoiselle, de vous demander quelque chose à lire. » Elle se débattait ; mais j'ouvris bientôt le livre que je cherchais. Je n'en dirai pas le titre. C'était vraiment le plus merveilleux des romans, et le plus divin des poèmes.

Une fois tournée la première page, elle me le laissa parcourir à mon gré ; et j'en feuilletai tant de chapitres que nos bougies s'usèrent jusqu'au bout.

Puis, après l'avoir remerciée, je regagnais, à pas de loup, ma chambre, quand une main brutale m'arrêta, et une voix, celle de Rivet, me chuchota dans le nez : « Tu n'as donc pas fini d'arranger l'affaire de ce cochon de Morin ? »

Dès sept heures du matin, elle m'apportait elle-même une tasse de chocolat. Je n'en ai jamais bu de pareil. Un chocolat à s'en faire mourir, moelleux, velouté, parfumé, grisant. Je ne pouvais ôter ma bouche des bords délicieux de sa tasse.

A peine la jeune fille était-elle sortie que Rivet entra. Il semblait un peu nerveux, agacé comme un homme qui n'a guère dormi ; il me dit d'un ton maussade : « Si tu continues, tu sais, tu finiras par gâter l'affaire de ce cochon de Morin. »

A huit heures, la tante arrivait. La discussion fut courte. Les braves gens retiraient leur plainte, et je laisserais cinq cents francs aux pauvres du pays.

Alors, on voulut nous retenir à passer la journée. On organiserait même une excursion pour aller visiter des ruines. Henriette, derrière le dos de ses parents, me faisait des signes de tête : « Oui, restez donc. » J'acceptais, mais Rivet s'acharna à s'en aller.

Je le pris à part ; je le priai, je le sollicitai ; je lui disais : « Voyons, mon petit Rivet, fais cela pour moi. » Mais il semblait exaspéré et me répétait dans la figure : « J'en ai assez, entends-tu, de l'affaire de ce cochon de Morin. »

Je fus bien contraint de partir aussi. Ce fut un des moments les plus durs de ma vie. J'aurais bien arrangé cette affaire-là pendant toute mon existence.

Dans le wagon, après les énergiques et muettes poignées de main des adieux, je dis à Rivet : « Tu n'es qu'une brute. » Il répondit : « Mon petit, tu commençais à m'agacer bougrement. »

En arrivant aux bureaux du *Fanal*, j'aperçus une foule qui nous attendait... On cria, dès qu'on nous vit : « Eh bien, avez-vous arrangé l'affaire de ce cochon de Morin ? »

Tout La Rochelle en était troublé. Rivet, dont la mauvaise humeur s'était dissipée en route, eut grand-peine à ne pas rire en déclarant : « Oui, c'est fait, grâce à Labarbe. »

Et nous allâmes chez Morin.

Il était étendu dans un fauteuil, avec des sinapismes aux jambes et des compresses d'eau froide sur le crâne, défaillant d'angoisse. Et il toussait sans cesse, d'une petite toux d'agonisant, sans qu'on sût d'où lui était venu ce rhume. Sa femme le regardait avec des yeux de tigresse prête à le dévorer.

Dès qu'il nous aperçut, il eut un tremblement qui lui secouait les poignets et les genoux. Je dis : « C'est arrangé, salaud, mais ne recommence pas. »

Il se leva, suffoquant, me prit les mains, les baisa comme celles d'un prince, pleura, faillit perdre connaissance, embrassa Rivet, embrassa même Mme Morin qui le rejeta d'une poussée dans son fauteuil.

Mais il ne se remit jamais de ce coup-là, son émotion avait été trop brutale.

On ne l'appelait plus dans toute la contrée que « ce cochon de Morin », et cette épithète le traversait comme un coup d'épée chaque fois qu'il l'entendait.

Quand un voyou dans la rue criait : « Cochon », il retournait la tête par instinct. Ses amis le criblaient de plaisanteries horribles, lui demandant, chaque fois qu'ils mangeaient du jambon : « Est-ce du tien ? »

Il mourut deux ans plus tard.

Quant à moi, me présentant à la députation, en 1875, j'allai faire une visite intéressée au nouveau notaire de Tousserre, Me Belloncle. Une grande femme opulente et belle me reçut.

— Vous ne me reconnaissez pas ? dit-elle.

Je balbutiai : — Mais... non... Madame.

— Henriette Bonnel.

— Ah! — Et je me sentis devenir pâle.

Elle semblait parfaitement à son aise, et souriait en me regardant.

Dès qu'elle m'eut laissé seul avec son mari, il me prit les mains, les serrant à les broyer : « Voici longtemps, cher monsieur, que je veux aller vous voir. Ma femme m'a tant parlé de vous. Je sais... oui, je sais en quelle circonstance douloureuse vous l'avez connue, je sais aussi comme vous avez été parfait, plein de délicatesse, de tact, de dévouement dans l'affaire... » Il hésita, puis prononça plus bas, comme s'il eût articulé un mot grossier : « ... Dans l'affaire de ce cochon de Morin. »

LA FOLLE

LA FOLLE[1]

A Robert de Bonnières.

Tenez, dit M. Mathieu d'Endolin, les bécasses me rappellent une bien sinistre anecdote de la guerre.

Vous connaissez ma propriété dans le faubourg de Cormeil. Je l'habitais au moment de l'arrivée des Prussiens.

J'avais alors pour voisine une espèce de folle, dont l'esprit s'était égaré sous les coups du malheur. Jadis, à l'âge de vingt-cinq ans, elle avait perdu, en un seul mois, son père, son mari et son enfant nouveau-né.

Quand la mort est entrée une fois dans une maison, elle y revient presque toujours immédiatement, comme si elle connaissait la porte.

La pauvre jeune femme, foudroyée par le chagrin, prit le lit, délira pendant six

1. Voir page 33, note 1.

semaines. Puis, une sorte de lassitude calme succédant à cette crise violente, elle resta sans mouvement, mangeant à peine, remuant seulement les yeux. Chaque fois qu'on voulait la faire lever, elle criait comme si on l'eût tuée. On la laissa donc toujours couchée, ne la tirant de ses draps que pour les soins de sa toilette et pour retourner ses matelas.

Une vieille bonne restait près d'elle, la faisant boire de temps en temps ou mâcher un peu de viande froide. Que se passait-il dans cette âme désespérée ? On ne le sut jamais; car elle ne parla plus. Songeait-elle aux morts ? Rêvassait-elle tristement, sans souvenir[s] précis ? Ou bien sa pensée anéantie restait-elle immobile comme de l'eau sans courant ?

Pendant quinze années, elle demeura ainsi fermée et inerte.

La guerre vint; et, dans les premiers jours de décembre, les Prussiens pénétrèrent à Cormeil.

Je me rappelle cela comme d'hier. Il gelait à fendre les pierres; et j'étais étendu moi-même dans un fauteuil, immobilisé par la goutte, quand j'entendis le battement lourd et rythmé de leurs pas. De ma fenêtre, je les vis passer.

Ils défilaient interminablement, tous pareils, avec ce mouvement de pantins qui leur est particulier. Puis les chefs distribuèrent leurs hommes aux habitants. J'en eus dix-sept. La voisine, la folle, en avait douze, dont un commandant, vrai soudard, violent, bourru.

Pendant les premiers jours, tout se passa normalement. On avait dit à l'officier d'à côté que la dame était malade; et il ne s'en inquiéta guère. Mais bientôt cette femme qu'on ne voyait jamais l'irrita, il s'informa de la maladie; on répondit que son hôtesse était couchée depuis quinze ans par suite d'un violent chagrin. Il n'en crut rien sans doute, et s'imagina que la pauvre insensée ne quittait pas son lit par fierté, pour ne pas voir les Prussiens, et ne leur point parler, et ne les point frôler.

Il exigea qu'elle le reçût; on le fit entrer dans sa chambre. Il demanda, d'un ton brusque.

— Je vous prierai, Matame, de fous lever et de tescentre pour qu'on fous foie. —

Elle tourna vers lui ses yeux vagues, ses yeux vides, et ne répondit pas.

Il reprit :

— Che ne tolérerai bas d'insolence. Si fous ne fous levez bas de ponne folonté, che trouferai pien un moyen de fous faire bromener tout seule.

Elle ne fit pas un geste, toujours immobile comme si elle ne l'eût pas vu.

Il rageait, prenant ce silence calme pour une marque de mépris suprême. Et il ajouta :

— Si vous n'êtes pas tescentue temain...
Puis, il sortit.

Le lendemain, la vieille bonne, éperdue, la voulut habiller; mais la folle se mit à hurler en se débattant. L'officier monta bien vite; et la servante, se jetant à ses genoux, cria :

— Elle ne veut pas, Monsieur, elle ne veut pas. Pardonnez-lui; elle est si malheureuse.

Le soldat restait embarrassé, n'osant, malgré sa colère, la faire tirer du lit par ses hommes. Mais soudain il se mit à rire et donna des ordres en allemand.

Et bientôt on vit sortir un détachement qui soutenait un matelas comme on porte un blessé. Dans ce lit qu'on n'avait point défait, la folle, toujours silencieuse, restait tranquille, indifférente aux événements, tant qu'on la laissait couchée. Un homme par-derrière portait un paquet de vêtements féminins.

Et l'officier prononça en se frottant les mains :

— Nous ferrons pien si vous poufez bas vous hapiller toute seule et faire une bétite bromenate.

Puis on vit s'éloigner le cortège dans la direction de la forêt d'Imauville.

Deux heures plus tard les soldats revinrent tout seuls.

On ne revit plus la folle. Qu'en avaient-ils

fait ? Où l'avaient-ils portée ? On ne le sut jamais.

La neige tombait maintenant jour et nuit, ensevelissant la plaine et les bois sous un linceul de mousse glacée. Les loups venaient hurler jusqu'à nos portes.

La pensée de cette femme perdue me hantait; et je fis plusieurs démarches auprès de l'autorité prussienne, afin d'obtenir des renseignements. Je faillis être fusillé.

Le printemps revint. L'armée d'occupation s'éloigna. La maison de ma voisine restait fermée; l'herbe drue poussait dans les allées.

La vieille bonne était morte pendant l'hiver. Personne ne s'occupait plus de cette aventure; moi seul y songeais sans cesse.

Qu'avaient-ils fait de cette femme ? s'étaitelle enfuie à travers les bois ? l'avait-on recueillie quelque part, et gardée dans un hôpital sans pouvoir obtenir d'elle aucun renseignement ? Rien ne venait alléger mes doutes; mais, peu à peu, le temps apaisa le souci de mon cœur.

Or, à l'automne suivant, les bécasses passèrent en masse; et, comme ma goutte me laissait un peu de répit, je me traînai jusqu'à la forêt. J'avais déjà tué quatre ou cinq oiseaux à long bec, quand j'en abattis un qui disparut dans un fossé plein de branches. Je fus obligé d'y descendre pour y ramasser ma bête. Je la trouvai tombée auprès d'une tête de mort. Et brusquement le souvenir de la folle m'arriva dans la poitrine comme un coup de poing. Bien d'autres avaient expiré dans ces bois peut-être en cette année sinistre; mais je ne sais pourquoi, j'étais sûr, sûr, vous dis-je, que je rencontrais la tête de cette misérable maniaque.

Et soudain je compris, je devinai tout. Ils l'avaient abandonnée sur ce matelas, dans la forêt froide et déserte; et, fidèle à son idée fixe, elle s'était laissée mourir sous l'épais et léger duvet des neiges et sans remuer le bras ou la jambe.

Puis les loups l'avaient dévorée.

Et les oiseaux avaient fait leur nid avec la laine de son lit déchiré.

J'ai gardé ce triste ossement. Et je fais des vœux pour que nos fils ne voient plus jamais de guerre.

PIERROT

PIERROT [1]

A Henri Roujon.

Mme Lefèvre était une dame de campagne, une veuve, une de ces demi-paysannes à rubans et à chapeaux à falbalas, de ces personnes qui parlent avec des cuirs, prennent en public des airs grandioses, et cachent une âme de brute prétentieuse sous des dehors comiques et chamarrés, comme elles dissimulent leurs grosses mains rouges sous des gants de soie écrue.

Elle avait pour servante une brave campagnarde toute simple, nommée Rose.

Les deux femmes habitaient une petite maison à volets verts, le long d'une route, en Normandie, au centre du pays de Caux.

Comme elles possédaient, devant l'habitation, un étroit jardin, elles cultivaient quelques légumes.

1. « Le Gaulois » du 9 octobre 1882.

Or, une nuit, on leur vola une douzaine d'oignons.

Dès que Rose s'aperçut du larcin, elle courut prévenir Madame, qui descendit en jupe de laine. Ce fut une désolation et une terreur. On avait volé, volé Mme Lefèvre! Donc, on volait dans le pays, puis on pouvait revenir.

Et les deux femmes effarées contemplaient les traces de pas, bavardaient, supposaient des choses : « Tenez, ils ont passé par là. Ils ont mis leurs pieds sur le mur; ils ont sauté dans la plate-bande. »

Et elles s'épouvantaient pour l'avenir. Comment dormir tranquilles maintenant!

Le bruit du vol se répandit. Les voisins arrivèrent, constatèrent, discutèrent à leur tour; et les deux femmes expliquaient à chaque nouveau venu leurs observations et leurs idées.

Un fermier d'à côté leur offrit ce conseil : « Vous devriez avoir un chien. »

C'était vrai, cela; elles devraient avoir un chien, quand ce ne serait que pour donner l'éveil. Pas un gros chien, Seigneur! Que feraient-elles d'un gros chien! Il les ruinerait en nourriture. Mais un petit chien (en Normandie, on prononce *quin*), un petit freluquet de *quin* qui jappe.

Dès que tout le monde fut parti, Mme Lefèvre discuta longtemps cette idée de chien. Elle faisait, après réflexion, mille objections, terrifiée par l'image d'une jatte pleine de pâtée; car elle était de cette race parcimonieuse de dames campagnardes qui portent toujours des centimes dans leur poche pour faire l'aumône ostensiblement aux pauvres des chemins, et donner aux quêtes du dimanche.

Rose, qui aimait les bêtes, apporta ses raisons et les défendit avec astuce. Donc il fut décidé qu'on aurait un chien, un tout petit chien.

On se mit à sa recherche, mais on n'en trouvait que des grands, des avaleurs de soupe à faire frémir. L'épicier de Rolleville en avait bien un, tout petit; mais il exigeait qu'on le lui payât deux francs, pour couvrir ses frais d'élevage. Mme Lefèvre déclara qu'elle voulait bien nourrir un « quin », mais qu'elle n'en achèterait pas.

Or, le boulanger, qui savait les événements, apporta, un matin, dans sa voiture, un étrange petit animal tout jaune, presque sans pattes, avec un corps de crocodile, une tête de renard et une queue en trompette, un vrai panache, grand comme tout le reste de sa personne. Un client cherchait à s'en défaire. Mme Lefèvre trouva fort beau ce roquet immonde, qui ne coûtait rien. Rose l'embrassa, puis demanda comment on le nommait. Le boulanger répondit : « Pierrot. »

Il fut installé dans une vieille caisse à savon et on lui offrit d'abord de l'eau à boire. Il but. On lui présenta ensuite un morceau de pain. Il mangea. Mme Lefèvre, inquiète, eut une idée : « Quand il sera bien accoutumé à la maison, on le laissera libre. Il trouvera à manger en rôdant par le pays. »

On le laissa libre, en effet, ce qui ne l'empêcha point d'être affamé. Il ne jappait d'ailleurs que pour réclamer sa pitance ; mais, dans ce cas, il jappait avec acharnement.

Tout le monde pouvait entrer dans le jardin. Pierrot allait caresser chaque nouveau venu, et demeurait absolument muet.

Mme Lefèvre cependant s'était accoutumée à cette bête. Elle en arrivait même à l'aimer, et à lui donner de sa main, de temps en temps, des bouchées de pain trempées dans la sauce de son fricot.

Mais elle n'avait nullement songé à l'impôt, et quand on lui réclama huit francs, — huit francs, Madame ! — pour ce freluquet de *quin* qui ne jappait seulement point, elle faillit s'évanouir de saisissement.

Il fut immédiatement décidé qu'on se débarrasserait de Pierrot. Personne n'en voulut. Tous les habitants le refusèrent à dix lieues aux environs. Alors on se résolut, faute d'autre moyen, à lui faire « piquer du mas ».

« Piquer du mas », c'est « manger de la marne ». On fait « piquer du mas » à tous les chiens dont on veut se débarrasser.

Au milieu d'une vaste plaine, on aperçoit une espèce de hutte, ou plutôt un tout petit toit de chaume, posé sur le sol. C'est l'entrée de la marnière. Un grand puits tout droit s'enfonce jusqu'à vingt mètres sous terre, pour aboutir à une série de longues galeries de mines.

On descend une fois par an dans cette carrière, à l'époque où l'on marne les terres. Tout le reste du temps elle sert de cimetière aux chiens condamnés; et souvent, quand on passe auprès de l'orifice, des hurlements plaintifs, des aboiements furieux ou désespérés, des appels lamentables montent jusqu'à vous.

Les chiens des chasseurs et des bergers s'enfuient avec épouvante des abords de ce trou gémissant; et, quand on se penche au-dessus, il sort de là une abominable odeur de pourriture.

Des drames affreux s'y accomplissent dans l'ombre.

Quand une bête agonise depuis dix à douze jours dans le fond, nourrie par les restes immondes de ses devanciers, un nouvel animal, plus gros, plus vigoureux certainement, est précipité tout à coup. Ils sont là, seuls, affamés, les yeux luisants. Ils se guettent, se suivent, hésitent, anxieux. Mais la faim les presse; ils s'attaquent, luttent longtemps, acharnés; et le plus fort mange le plus faible, le dévore vivant.

Quand il fut décidé qu'on ferait « piquer du mas » à Pierrot, on s'enquit d'un exécuteur. Le cantonnier qui binait la route demanda dix sous pour la course. Cela parut follement exagéré à Mme Lefèvre. Le goujat du voisin se contentait de cinq sous; c'était trop encore; et, Rose ayant fait observer qu'il valait mieux qu'elles le portassent elles-mêmes, parce qu'ainsi il ne serait pas brutalisé en route et averti de son sort, il fut résolu qu'elles iraient toutes les deux à la nuit tombante.

On lui offrit, ce soir-là, une bonne soupe avec un doigt de beurre. Il l'avala jusqu'à la dernière goutte; et, comme il remuait la queue de contentement, Rose le prit dans son tablier.

Elles allaient à grands pas, comme des maraudeuses, à travers la plaine. Bientôt elles aperçurent la marnière et l'atteignirent; Mme Lefèvre se pencha pour écouter si aucune bête ne gémissait. — Non — il n'y en avait pas; Pierrot serait seul. Alors Rose, qui pleurait, l'embrassa, puis le lança dans le trou; et elles se penchèrent toutes deux, l'oreille tendue.

Elles entendirent d'abord un bruit sourd; puis la plainte aiguë, déchirante, d'une bête blessée, puis une succession de petits cris de douleur, puis des appels désespérés, des supplications de chien qui implorait, la tête levée vers l'ouverture.

Il jappait, oh! il jappait!

Elles furent saisies de remords, d'épouvante, d'une peur folle et inexplicable; et elles se sauvèrent en courant. Et, comme Rose allait plus vite, Mme Lefèvre criait : « Attendez-moi, Rose, attendez-moi! »

Leur nuit fut hantée de cauchemars épouvantables.

Mme Lefèvre rêva qu'elle s'asseyait à table pour manger la soupe, mais, quand elle découvrait la soupière, Pierrot était dedans. Il s'élançait et la mordait au nez.

Elle se réveilla et crut l'entendre japper encore. Elle écouta; elle s'était trompée.

Elle s'endormit de nouveau et se trouva sur une grande route, une route interminable, qu'elle suivait. Tout à coup, au milieu du chemin, elle aperçut un panier, un grand panier de fermier, abandonné; et ce panier lui faisait peur.

Elle finissait cependant par l'ouvrir, et Pierrot, blotti dedans, lui saisissait la main, ne la lâchait plus; et elle se sauvait éperdue, portant ainsi au bout du bras le chien suspendu, la gueule serrée.

Au petit jour, elle se leva, presque folle, et courut à la marnière.

Il jappait; il jappait encore, il avait jappé toute la nuit. Elle se mit à sangloter et l'appela avec mille petits noms caressants. Il répondit avec toutes les inflexions tendres de sa voix de chien.

Alors elle voulut le revoir, se promettant de le rendre heureux jusqu'à sa mort.

Elle courut chez le puisatier chargé de l'extraction de la marne, et elle lui raconta son cas. L'homme écoutait sans rien dire. Quand elle eut fini, il prononça : « Vous voulez votre quin ? Ce sera quatre francs. »

Elle eut un sursaut ; toute sa douleur s'envola du coup.

« Quatre francs ! vous vous en feriez mourir ! quatre francs ! »

Il répondit : « Vous croyez que j' vas apporter mes cordes, mes manivelles, et monter tout ça, et m'n aller là-bas avec mon garçon et m' faire mordre encore par votre maudit quin, pour l' plaisir de vous le r' donner ? fallait pas l' jeter. »

Elle s'en alla, indignée. — Quatre francs !

Aussitôt rentrée, elle appela Rose et lui dit les prétentions du puisatier. Rose, toujours résignée, répétait : « Quatre francs ! c'est de l'argent, Madame. »

Puis, elle ajouta : « Si on lui jetait à manger, à ce pauvre quin, pour qu'il ne meure pas comme ça ? »

Mme Lefèvre approuva, toute joyeuse ; et les voilà reparties, avec un gros morceau de pain beurré.

Elles le coupèrent par bouchées qu'elles lançaient l'une après l'autre, parlant tour à tour à Pierrot. Et sitôt que le chien avait achevé un morceau, il jappait pour réclamer le suivant.

Elles revinrent le soir, puis le lendemain, tous les jours. Mais elles ne faisaient plus qu'un voyage.

Or, un matin, au moment de laisser tomber la première bouchée, elles entendirent tout à coup un aboiement formidable dans le puits. Ils étaient deux! On avait précipité un autre chien, un gros!

Rose cria : « Pierrot! » Et Pierrot jappa, jappa. Alors on se mit à jeter la nourriture; mais, chaque fois elles distinguaient parfaitement une bousculade terrible, puis les cris plaintifs de Pierrot mordu par son compagnon, qui mangeait tout, étant le plus fort.

Elles avaient beau spécifier : « C'est pour toi, Pierrot! » Pierrot, évidemment, n'avait rien.

Les deux femmes interdites, se regardaient; et Mme Lefèvre prononça d'un ton aigre : « Je ne peux pourtant pas nourrir tous les chiens qu'on jettera là-dedans. Il faut y renoncer. »

Et, suffoquée à l'idée de tous ces chiens vivant à ses dépens, elle s'en alla, emportant même ce qui restait du pain qu'elle se mit à manger en marchant.

Rose la suivit en s'essuyant les yeux du coin de son tablier bleu.

MENUET

MENUET[1]

A Paul Bourget.

Les grands malheurs ne m'attristent guère, dit Jean Bridelle, un vieux garçon qui passait pour sceptique. J'ai vu la guerre de bien près : j'enjambais les corps sans apitoiement. Les fortes brutalités de la nature ou des hommes peuvent nous faire pousser des cris d'horreur ou d'indignation, mais ne nous donnent point ce pincement au cœur, ce frisson qui vous passe dans le dos à la vue de certaines petites choses navrantes.

La plus violente douleur qu'on puisse éprouver, certes, est la perte d'un enfant pour une mère, et la perte de la mère pour un homme. Cela est violent, terrible, cela bouleverse et déchire; mais on guérit de ces catastrophes comme [des] larges blessures saignantes. Or, certaines rencontres,

1. « Le Gaulois » du 20 novembre 1882.

certaines choses entr'aperçues, devinées, certains chagrins secrets, certaines perfidies du sort, qui remuent en nous tout un monde douloureux de pensées, qui entrouvrent devant nous brusquement la porte mystérieuse des souffrances morales, compliquées, incurables, d'autant plus profondes qu'elles semblent bénignes, d'autant plus cuisantes qu'elles semblent presque insaisissables, d'autant plus tenaces qu'elles semblent factices, nous laissent à l'âme comme une traînée de tristesse, un goût d'amertume, une sensation de désenchantement dont nous sommes longtemps à nous débarrasser.

J'ai toujours devant les yeux deux ou trois choses que d'autres n'eussent point remarquées assurément, et qui sont entrées en moi comme de longues et minces piqûres inguérissables.

Vous ne comprendriez peut-être pas l'émotion qui m'est restée de ces rapides impressions. Je ne vous en dirai qu'une. Elle est très vieille, mais vive comme d'hier. Il se peut que mon imagination seule ait fait les frais de mon attendrissement.

J'ai cinquante ans. J'étais jeune alors et j'étudiais le droit. Un peu triste, un peu rêveur, imprégné d'une philosophie mélancolique, je n'aimais guère les cafés bruyants, les camarades braillards, ni les filles stupides. Je me levais tôt; et une de mes plus chères voluptés était de me promener seul, vers huit heures du matin, dans la pépinière du Luxembourg.

Vous ne l'avez pas connue, vous autres, cette pépinière ? C'était comme un jardin oublié de l'autre siècle, un jardin joli comme un doux sourire de vieille. Des haies touffues séparaient les allées étroites et régulières, allées calmes entre deux murs de feuillage taillés avec méthode. Les grands ciseaux du jardinier alignaient sans relâche ces cloisons de branches ; et, de place en place, on rencontrait des parterres de fleurs, des plates-bandes de petits arbres rangés comme des collégiens en promenade, des sociétés de rosiers magnifiques ou des régiments d'arbres à fruit.

Tout un coin de ce ravissant bosquet était habité par les abeilles. Leurs maisons de paille, savamment espacées sur des planches, ouvraient au soleil leurs portes grandes comme l'entrée d'un dé à coudre ; et on rencontrait tout le long des chemins les mouches bourdonnantes et dorées, vraies maîtresses de ce lieu pacifique, vraies promeneuses de ces tranquilles allées en corridors.

Je venais là presque tous les matins. Je m'asseyais sur un banc et je lisais. Parfois je laissais retomber le livre sur mes genoux pour rêver, pour écouter autour de moi vivre Paris, et jouir du repos infini de ces charmilles à la mode ancienne.

Mais je m'aperçus bientôt que je n'étais pas seul à fréquenter ce lieu dès l'ouverture des barrières, et je rencontrais parfois, nez à nez, au coin d'un massif, un étrange petit vieillard.

Il portait des souliers à boucles d'argent, une culotte à pont, une redingote tabac d'Espagne, une dentelle en guise de cravate et un invraisemblable chapeau gris à grands bords et à grands poils, qui faisait penser au déluge.

Il était maigre, fort maigre, anguleux, grimaçant et souriant. Ses yeux vifs palpitaient, s'agitaient sous un mouvement continu des paupières; et il avait toujours à la main une superbe canne à pommeau d'or qui devait être pour lui quelque souvenir magnifique.

Ce bonhomme m'étonna d'abord, puis m'intéressa outre mesure. Et je le guettais à travers les murs de feuilles, je le suivais de loin, m'arrêtant au détour des bosquets pour n'être point vu.

Et voilà qu'un matin, comme il se croyait bien seul, il se mit à faire des mouvements singuliers : quelques petits bonds d'abord, puis une révérence; puis il battit, de sa jambe grêle, un entrechat encore alerte, puis il commença à pivoter galamment, sautillant, se trémoussant d'une façon drôle, souriant comme devant un public, faisant des grâces, arrondissant les bras, tortillant son pauvre corps de marionnette, adressant dans le vide de légers saluts attendrissants et ridicules. Il dansait !

Je demeurais pétrifié d'étonnement, me demandant lequel des deux était fou, lui, ou moi.

Mais il s'arrêta soudain, s'avança comme font les acteurs sur la scène, puis s'inclina en reculant avec des sourires gracieux et des baisers de comédienne qu'il jetait de sa main tremblante aux deux rangées d'arbres taillés.

Et il reprit avec gravité sa promenade.

A partir de ce jour, je ne le perdis plus de vue ; et, chaque matin, il recommençait son exercice invraisemblable.

Une envie folle me prit de lui parler. Je me risquai, et, l'ayant salué, je lui dis :

— Il fait bien bon aujourd'hui, Monsieur.

Il s'inclina.

— Oui, Monsieur, c'est un vrai temps de jadis.

Huit jours après, nous étions amis, et je connus son histoire. Il avait été maître de danse à l'Opéra, du temps du roi Louis XV. Sa belle canne était un cadeau du comte de Clermont. Et, quand on lui parlait de danse, il ne s'arrêtait plus de bavarder.

Or, voilà qu'un jour il me confia :

— J'ai épousé la Castris, Monsieur. Je vous présenterai si vous voulez, mais elle ne vient ici que sur le tantôt. Ce jardin, voyez-vous, c'est notre plaisir et notre vie. C'est tout ce qui nous reste d'autrefois. Il nous semble que nous ne pourrions plus exister si nous ne l'avions point. Cela est vieux et distingué, n'est-ce pas ? Je crois y respirer un air qui n'a point changé depuis ma jeunesse. Ma femme et moi, nous y passons [tous] nos après-midi. Mais, moi, j'y viens dès le matin, car je me lève de bonne heure.

Dès que j'eus fini de déjeuner, je retournai au Luxembourg, et bientôt j'aperçus mon ami qui donnait le bras avec cérémonie à une toute vieille petite femme vêtue de noir, et à qui je fus présenté. C'était la Castris, la grande danseuse aimée des princes, aimée du roi, aimée de tout ce siècle galant qui semble avoir laissé dans le monde une odeur d'amour.

Nous nous assîmes sur un banc. C'était au mois de mai. Un parfum de fleurs voltigeait dans les allées proprettes ; un bon soleil glissait entre les feuilles et semait sur nous de larges gouttes de lumière. La robe noire de la Castris semblait toute mouillée de clarté.

Le jardin était vide. On entendait au loin rouler des fiacres.

— Expliquez-moi donc, dis-je au vieux danseur, ce que c'était que le menuet.

Il tressaillit.

— Le menuet, Monsieur, c'est la reine des danses, et la danse des Reines, entendez-vous ? Depuis qu'il n'y a plus de Rois, il n'y a plus de menuet.

Et il commença, en style pompeux, un long éloge dithyrambique auquel je ne compris rien. Je voulus me faire décrire les pas, tous les mouvements, les poses. Il s'embrouillait, s'exaspérant de son impuissance, nerveux et désolé.

Et soudain, se tournant vers son antique compagne, toujours silencieuse et grave :

— Elise, veux-tu, dis, veux-tu, tu seras bien gentille, veux-tu que nous montrions à monsieur ce que c'était ?

Elle tourna ses yeux inquiets de tous les côtés, puis se leva sans dire un mot et vint se placer en face de lui.

Alors je vis une chose inoubliable.

Ils allaient et venaient avec des simagrées enfantines, se souriaient, se balançaient, s'inclinaient, sautillaient pareils à deux vieilles poupées qu'aurait fait danser une mécanique ancienne, un peu brisée, construite jadis par un ouvrier fort habile, suivant la manière de son temps.

Et je les regardais, le cœur troublé de sensations extraordinaires, l'âme émue d'une indicible mélancolie. Il me semblait voir une apparition lamentable et comique, l'ombre démodée d'un siècle. J'avais envie de rire et besoin de pleurer.

Tout à coup ils s'arrêtèrent, ils avaient terminé les figures de la danse. Pendant quelques secondes ils restèrent debout l'un devant l'autre, grimaçant d'une façon surprenante; puis ils s'embrassèrent en sanglotant.

Je partais, trois jours après, pour la province. Je ne les ai point revus. Quand je revins à Paris, deux ans plus tard, on avait détruit la pépinière. Que sont-ils devenus sans le cher jardin d'autrefois, avec ses [chemins] en labyrinthe, son odeur du passé et les détours gracieux des charmilles ?

Sont-ils morts ? Errent-ils par les rues modernes comme des exilés sans espoir ? Dansent-ils, spectres falots, un menuet fantastique entre les cyprès d'un cimetière, le long des sentiers bordés de tombes, au clair de lune ?

Leur souvenir me hante, m'obsède, me torture, demeure en moi comme une blessure. Pourquoi ? Je n'en sais rien.

Vous trouverez cela ridicule, sans doute ?

LA PEUR

LA PEUR[1]

A J.-K. Huysmans.

On remonta sur le pont après dîner. Devant nous, la Méditerranée n'avait pas un frisson sur toute sa surface qu'une grande lune calme moirait. Le vaste bateau glissait, jetant sur le ciel, qui semblait ensemencé d'étoiles, un gros serpent de fumée noire : et, derrière nous, l'eau toute blanche, agitée par le passage rapide du lourd bâtiment, battue par l'hélice, moussait, semblait se tordre, remuait tant de clartés qu'on eût dit de la lumière de lune bouillonnant.

Nous étions là, six ou huit, silencieux, admirant, l'œil tourné vers l'Afrique lointaine où nous allions. Le commandant, qui fumait un cigare au milieu de nous, reprit soudain la conversation du dîner.

— Oui, j'ai eu peur ce jour-là. Mon navire

1. « Le Gaulois » du 23 octobre 1882.

est resté six heures avec ce rocher dans le ventre, battu par la mer. Heureusement que nous avons été recueillis, vers le soir, par un charbonnier anglais qui nous aperçut.

Alors un grand homme à figure brûlée, à l'aspect grave, un de ces hommes qu'on sent avoir traversé de longs pays inconnus, au milieu de dangers incessants, et dont l'œil tranquille semble garder, dans sa profondeur, quelque chose des paysages étranges qu'il a vus ; un de ces hommes qu'on devine trempés dans le courage, parla pour la première fois :

— Vous dites, commandant, que vous avez eu peur ; je n'en crois rien. Vous vous trompez sur le mot et sur la sensation que vous avez éprouvée. Un homme énergique n'a jamais peur en face du danger pressant. Il est ému, agité, anxieux ; mais la peur, c'est autre chose.

Le commandant reprit en riant :

— Fichtre ! je vous réponds bien que j'ai eu peur, moi.

Alors l'homme au teint bronzé prononça d'une voix lente :

— Permettez-moi de m'expliquer ! La peur (et les hommes les plus hardis peuvent avoir peur), c'est quelque chose d'effroyable, une sensation atroce, comme une décomposition de l'âme, un spasme affreux de la pensée et du cœur, dont le souvenir seul donne des frissons d'angoisse. Mais cela n'a lieu, quand on est brave, ni devant une attaque, ni devant la mort inévitable, ni devant toutes les formes connues du péril : cela a lieu dans certaines circonstances anormales, sous certaines influences mystérieuses en face de risques vagues. La vraie peur, c'est quelque chose comme une réminiscence des terreurs fantastiques d'autrefois. Un homme qui croit aux revenants, et qui s'imagine apercevoir un spectre dans la nuit, doit éprouver la peur en toute son épouvantable horreur.

Moi, j'ai deviné la peur en plein jour, il y a dix ans environ. Je l'ai ressentie, l'hiver dernier, par une nuit de décembre.

Et, pourtant, j'ai traversé bien des hasards, bien des aventures qui semblaient mortelles. Je me suis battu souvent. J'ai été laissé pour mort par des voleurs. J'ai été condamné, comme insurgé, à être pendu, en Amérique, et jeté à la mer du pont d'un bâtiment sur les côtes de Chine. Chaque fois je me suis cru perdu, j'en ai pris immédiatement mon parti, sans attendrissement et même sans regrets.

Mais la peur, ce n'est pas cela.

Je l'ai pressentie en Afrique. Et pourtant elle est fille du Nord; le soleil la dissipe comme un brouillard. Remarquez bien ceci, Messieurs. Chez les Orientaux, la vie ne compte pour rien; on est résigné tout de suite; les nuits sont claires et vides [de légendes, les âmes aussi vides des] inquiétudes sombres qui hantent les cerveaux dans les pays froids. En Orient, on peut connaître la panique, on ignore la peur.

Eh bien! voici ce qui m'est arrivé sur cette terre d'Afrique :

Je traversais les grandes dunes au sud de Ouargla. C'est là un des plus étranges pays du monde. Vous connaissez le sable uni, le sable droit des interminables plages de l'Océan. Eh bien! figurez-vous l'Océan lui-même devenu sable au milieu d'un ouragan; imaginez une tempête silencieuse de vagues immobiles en poussière jaune. Elles sont hautes comme des montagnes, ces vagues inégales, différentes, soulevées tout à fait comme des flots déchaînés, mais plus grandes encore, et striées comme de la moire. Sur cette mer furieuse, muette et sans mouvement, le dévorant soleil du sud verse sa flamme implacable et directe. Il faut gravir ces lames de cendre d'or, redescendre, gravir encore, gravir sans cesse, sans repos et sans ombre. Les chevaux râlent, enfoncent jusqu'aux genoux, et glissent en dévalant l'autre versant des surprenantes collines.

Nous étions deux amis suivis de huit spahis et de quatre chameaux avec leurs chameliers. Nous ne parlions plus, accablés de chaleur, de fatigue, et desséchés de soif comme ce désert ardent. Soudain un de nos hommes poussa une sorte de cri; tous s'arrêtèrent; et nous demeurâmes immobiles, surpris par un inexplicable phénomène, connu des voyageurs en ces contrées perdues.

Quelque part, près de nous, dans une direction indéterminée, un tambour battait, le mystérieux tambour des dunes ; il battait distinctement, tantôt plus vibrant, tantôt affaibli, arrêtant, puis reprenant son roulement fantastique.

Les Arabes, épouvantés, se regardaient ; et l'un dit, en sa langue : « La mort est sur nous. » Et voilà que tout à coup mon compagnon, mon ami, presque mon frère, tomba de cheval, la tête en avant, foudroyé par une insolation.

Et pendant deux heures, pendant que j'essayais en vain de le sauver, toujours ce tambour insaisissable m'emplissait l'oreille de son bruit monotone, intermittent et incompréhensible ; et je sentais se glisser dans mes os la peur, la vraie peur, la hideuse peur, en face de ce cadavre aimé, dans ce trou incendié par le soleil entre quatre monts de sable, tandis que l'écho inconnu nous jetait, à deux cents lieues de tout village français, le battement rapide du tambour.

Ce jour-là, je compris ce que c'était que d'avoir peur ; je l'ai su mieux encore une autre fois...

Le commandant interrompit le conteur :

— Pardon, Monsieur, mais ce tambour ? Qu'était-ce ?

Le voyageur répondit :

— Je n'en sais rien. Personne ne sait. Les officiers, surpris souvent par ce bruit singulier, l'attribuent généralement à l'écho grossi, multiplié, démesurément enflé par les vallonnements des dunes, d'une grêle de grains de sable emportés dans le vent et heurtant une touffe d'herbes sèches; car on a toujours remarqué que le phénomène se produit dans le voisinage de petites plantes brûlées par le soleil, et dures comme du parchemin.

Ce tambour ne serait donc qu'une sorte de mirage du son. Voilà tout. Mais je n'appris cela que plus tard.

J'arrive à ma seconde émotion.

C'était l'hiver dernier, dans une forêt du nord-est de la France. La nuit vint deux heures plus tôt, tant le ciel était sombre. J'avais pour guide un paysan qui marchait à mon côté, par un tout petit chemin, sous une voûte de sapins dont le vent déchaîné tirait des hurlements. Entre les cimes, je voyais courir des nuages en déroute, des nuages éperdus qui semblaient fuir devant une épouvante. Parfois, sous une immense rafale, toute la forêt s'inclinait dans le même sens avec un gémissement de souffrance; et le froid m'envahissait, malgré mon pas rapide et mon lourd vêtement.

Nous devions souper et coucher chez un garde forestier dont la maison n'était plus éloignée de nous. J'allais là pour chasser.

Mon guide, parfois, levait les yeux et mur-

murait : « Triste temps! » Puis il me parla des gens chez qui nous arrivions. Le père avait tué un braconnier deux ans auparavant, et, depuis ce temps, il semblait sombre, comme hanté d'un souvenir. Ses deux fils, mariés, vivaient avec lui.

Les ténèbres étaient profondes. Je ne voyais rien devant moi, ni autour de moi, et toute la branchure des arbres entrechoqués emplissait la nuit d'une rumeur incessante. Enfin, j'aperçus une lumière, et bientôt mon compagnon heurtait une porte. Des cris aigus de femmes nous répondirent. Puis, une voix d'homme, une voix étranglée, demanda : « Qui va là ? » Mon guide se nomma. Nous entrâmes. Ce fut un inoubliable tableau.

Un vieux homme à cheveux blancs, à l'œil fou, le fusil chargé dans la main, nous attendait debout au milieu de la cuisine, tandis que deux grands gaillards, armés de haches, gardaient la porte. Je distinguai dans les coins sombres deux femmes à genoux, le visage caché contre le mur.

On s'expliqua. Le vieux remit son arme contre le mur et ordonna de préparer ma chambre; puis, comme les femmes ne bougeaient point, il me dit brusquement :

— Voyez-vous, Monsieur, j'ai tué un homme, voilà deux ans, cette nuit. L'autre année, il est revenu m'appeler. Je l'attends encore ce soir.

Puis il ajouta d'un ton qui me fit sourire :

— Aussi, nous ne sommes pas tranquilles.

Je le rassurai comme je pus, heureux d'être venu justement ce soir-là, et d'assister au spectacle de cette terreur superstitieuse. Je racontai des histoires, et je parvins à calmer à peu près tout le monde.

Près du foyer, un vieux chien, presque aveugle et moustachu, un de ces chiens qui ressemblent à des gens qu'on connaît, dormait le nez dans ses pattes.

Au-dehors, la tempête acharnée battait la petite maison, et, par un étroit carreau, une sorte de judas placé près de la porte, je voyais soudain tout un fouillis d'arbres bousculés par le vent à la lueur de grands éclairs.

Malgré mes efforts, je sentais bien qu'une terreur profonde tenait ces gens, et chaque fois que je cessais de parler, toutes les oreilles écoutaient au loin. Las d'assister à ces craintes imbéciles, j'allais demander à me coucher, quand le vieux garde tout à coup fit un bond de sa chaise, saisit de nouveau son fusil, en bégayant d'une voix égarée : « Le voilà ! le voilà ! Je l'entends ! » Les deux femmes retombèrent à genoux dans leurs coins en se cachant le visage ; et les fils reprirent leurs haches. J'allais tenter encore de les apaiser, quand le chien endormi s'éveilla brusquement et, levant sa tête, tendant le cou, regardant vers le feu de son œil presque éteint, il poussa un de ces lugubres hurlements qui font tressaillir les voyageurs, le soir, dans la campagne. Tous les yeux se portèrent sur lui, il restait maintenant immobile, dressé sur ses pattes comme hanté d'une vision, et il se remit à hurler vers quelque chose d'invisible, d'inconnu, d'affreux sans doute, car tout son poil se hérissait. Le garde, livide, cria : « Il le sent! il le sent! il était là quand je l'ai tué. » Et les femmes égarées se mirent, toutes les deux, à hurler avec le chien.

Malgré moi, un grand frisson me courut entre les épaules. Cette vision de l'animal dans ce lieu, à cette heure, au milieu de ces gens éperdus, était effrayante à voir.

Alors, pendant une heure, le chien hurla sans bouger; il hurla comme dans l'angoisse d'un rêve; et la peur, l'épouvantable peur entrait en moi; la peur de quoi ? Le sais-je ? C'était la peur, voilà tout.

Nous restions immobiles, livides, dans l'attente d'un événement affreux, l'oreille tendue, le cœur battant, bouleversés au moindre bruit. Et le chien se mit à tourner autour de la pièce, en sentant les murs et gémissant toujours. Cette bête nous rendait fous! Alors, le paysan qui m'avait amené se jeta sur elle, dans une sorte de paroxysme de terreur furieuse, et, ouvrant une porte donnant sur une petite cour, jeta l'animal dehors.

Il se tut aussitôt; et nous restâmes plongés dans un silence plus terrifiant encore. Et soudain tous ensemble, nous eûmes une sorte de sursaut : un être glissait contre le mur du dehors vers la forêt; puis il passa contre la porte, qu'il sembla tâter, d'une main hésitante; puis on n'entendit plus rien pendant deux minutes qui firent de nous des insensés; puis il revint, frôlant toujours la muraille; et il gratta légèrement, comme ferait un enfant avec son ongle; puis soudain une tête apparut contre la vitre du judas, une tête blanche avec des yeux lumineux comme ceux des fauves. Et un son sortit de sa bouche, un son indistinct, un murmure plaintif.

Alors un bruit formidable éclata dans la cuisine. Le vieux garde avait tiré. Et aussitôt les fils se précipitèrent, bouchèrent le judas en dressant la grande table qu'ils assujettirent avec le buffet.

Et je vous jure qu'au fracas du coup de fusil que je n'attendais point, j'eus une telle angoisse du cœur, de l'âme et du corps, que je me sentis défaillir, prêt à mourir de peur.

Nous restâmes là jusqu'à l'aurore, incapables de bouger, de dire un mot, crispés dans un affolement indicible.

On n'osa débarricader la sortie qu'en apercevant, par la fente d'un auvent, un mince rayon de jour.

Au pied du mur, contre la porte, le vieux chien gisait, la gueule brisée d'une balle.

Il était sorti de la cour en creusant un trou sous une palissade.

L'homme au visage brun se tut; puis il ajouta :

— Cette nuit-là pourtant, je ne courus aucun danger; mais j'aimerais mieux recommencer toutes les heures où j'ai affronté les plus terribles périls, que la seule minute du coup de fusil sur la tête barbue du judas.

FARCE NORMANDE

FARCE NORMANDE[1]

A A. de Joinville.

La procession se déroulait dans le chemin creux ombragé par les grands arbres poussés sur les talus des fermes. Les jeunes mariés venaient d'abord, puis les parents, puis les invités, puis les pauvres du pays, et les gamins qui tournaient autour du défilé, comme des mouches, passaient entre les rangs, grimpaient aux branches pour mieux voir.

Le marié était un beau gars, Jean Patu, le plus riche fermier du pays. C'était, avant tout, un chasseur frénétique qui perdait le bon sens à satisfaire cette passion, et dépensait de l'argent gros comme lui pour ses chiens, ses gardes, ses furets et ses fusils.

La mariée, Rosalie Roussel, avait été fort

1. « Gil Blas » du 8 août 1882. Publié sous le pseudonyme de *Maufrigneuse*.

courtisée par tous les partis des environs, car on la trouvait avenante, et on la savait bien dotée; mais elle avait choisi Patu, peut-être parce qu'il lui plaisait mieux que les autres, mais plutôt encore, en Normande réfléchie, parce qu'il avait plus d'écus.

Lorsqu'ils tournèrent la grande barrière de la ferme maritale, quarante coups de fusil éclatèrent sans qu'on vît les tireurs cachés dans les fossés. A ce bruit, une grosse gaieté saisit les hommes qui gigotaient lourdement en leurs habits de fête; et Patu, quittant sa femme, sauta sur un valet qu'il apercevait derrière un arbre, empoigna son arme, et lâcha lui-même un coup de feu en gambadant comme un poulain.

Puis on se remit en route sous les pommiers déjà lourds de fruits, à travers l'herbe haute, au milieu des veaux qui regardaient de leurs gros yeux, se levaient lentement et restaient debout, le mufle tendu vers la noce.

Les hommes redevenaient graves en approchant du repas. Les uns, les riches, étaient coiffés de hauts chapeaux de soie luisants, qui semblaient dépaysés en ce lieu; les autres portaient d'anciens couvre-chefs à poils longs, qu'on aurait dit en peau de taupe; les plus humbles étaient couronnés de casquettes.

Toutes les femmes avaient des châles lâchés dans le dos, et dont elles tenaient les bouts sur leurs bras avec cérémonie. Ils étaient rouges, bigarrés, flamboyants, ces châles; et leur éclat semblait étonner les poules noires sur le fumier, les canards au bord de la mare, et les pigeons sur les toits de chaume.

Tout le vert de la campagne, le vert de l'herbe et des arbres, semblait exaspéré au contact de cette pourpre ardente et les deux couleurs ainsi voisines devenaient aveuglantes sous le feu du soleil de midi.

La grande ferme paraissait attendre là-bas, au bout de la voûte des pommiers. Une sorte de fumée sortait de la porte et des fenêtres ouvertes, et une odeur épaisse de mangeaille s'exhalait du vaste bâtiment, de toutes ses ouvertures, des murs eux-mêmes.

Comme un serpent, la suite des invités s'allongeait à travers la cour. Les premiers, atteignant la maison, brisaient la chaîne, s'éparpillaient, tandis que là-bas il en entrait toujours par la barrière ouverte. Les fossés maintenant étaient garnis de gamins et de pauvres curieux; et les coups de fusil ne cessaient pas, éclatant de tous les côtés à la fois, mêlant à l'air une buée de poudre et cette odeur qui grise comme de l'absinthe.

Devant la porte, les femmes tapaient sur leurs robes pour en faire tomber la poussière, dénouaient les oriflammes qui servaient de rubans à leurs chapeaux, défaisaient leurs châles et les posaient sur leurs bras, puis entraient dans la maison pour se débarrasser définitivement de ces ornements.

La table était mise dans la grande cuisine, qui pouvait contenir cent personnes.

On s'assit à deux heures. A huit heures on mangeait encore. Les hommes déboutonnés, en bras de chemise, la face rougie, engloutissaient comme des gouffres. Le cidre jaune luisait, joyeux, clair et doré, dans les grands verres, à côté du vin coloré, du vin sombre, couleur de sang.

Entre chaque plat on faisait un trou, le trou normand, avec un verre d'eau-de-vie qui jetait du feu dans les corps et de la folie dans les têtes.

De temps en temps, un convive plein comme une barrique, sortait jusqu'aux arbres prochains, se soulageait, puis rentrait avec une faim nouvelle aux dents.

Les fermières, écarlates, oppressées, les corsages tendus comme des ballons, coupées en deux par le corset, gonflées du haut et du bas, restaient à table par pudeur. Mais une d'elles, plus gênée, étant sortie, toutes alors se levèrent à la suite. Elles revenaient plus joyeuses, prêtes à rire. Et les lourdes plaisanteries commencèrent.

C'étaient des bordées d'obscénités lâchées à travers la table, et toutes sur la nuit nuptiale. L'arsenal de l'esprit paysan fut vidé. Depuis cent ans, les mêmes grivoiseries servaient aux mêmes occasions, et, bien que chacun les connût, elles portaient encore, faisaient partir en un rire retentissant les deux enfilées de convives.

Un vieux à cheveux gris appelait : « Les voyageurs pour Mézidon en voiture. » Et c'étaient des hurlements de gaieté.

Tout au bout de la table, quatre gars, des voisins, préparaient des farces aux mariés, et ils semblaient en tenir une bonne, tant ils trépignaient en chuchotant.

L'un d'eux, soudain, profitant d'un moment de calme, cria :

— C'est les braconniers qui vont s'en donner c'te nuit, avec la lune qu'y a !... Dis donc, Jean, c'est pas c'te lune-là qu' tu guetteras, toi ?

Le marié, brusquement, se tourna :

— Qu'y z'y viennent, les braconniers !

Mais l'autre se mit à rire :

— Ah ! i peuvent y venir ; tu quitteras pas ta besogne pour ça !

Toute la tablée fut secouée par la joie. Le sol en trembla, les verres vibrèrent.

Mais le marié, à l'idée qu'on pouvait profiter de sa noce pour braconner chez lui, devint furieux :

— J' te dis qu' ça : qui z'y viennent !

Alors ce fut une pluie de polissonneries à double sens qui faisaient un peu rougir la mariée, toute frémissante d'attente.

Puis, quand on eut bu des barils d'eau-de-vie, chacun partit se coucher ; et les jeunes époux entrèrent en leur chambre, située au rez-de-chaussée, comme toutes les chambres de ferme ; et, comme il y faisait un peu chaud, ils ouvrirent la fenêtre et fermèrent l'auvent. Une petite lampe de mauvais goût, cadeau du père de la femme, brûlait sur la commode; et le lit était prêt à recevoir le couple nouveau, qui ne mettait point à son premier embrassement tout le cérémonial des bourgeois dans les villes.

Déjà la jeune femme avait enlevé sa coiffure et sa robe, et elle demeurait en jupon, délaçant ses bottines, tandis que Jean achevait un cigare, en regardant de coin sa compagne.

Il la guettait d'un œil luisant, plus sensuel que tendre; car il la désirait plutôt qu'il ne l'aimait; et, soudain, d'un mouvement brusque, comme un homme qui va se mettre à l'ouvrage, il enleva son habit.

Elle avait défait ses bottines, et maintenant elle retirait ses bas, puis elle lui dit, le tutoyant depuis l'enfance : « Va te cacher là-bas, derrière les rideaux, que j' me mette au lit. »

Il fit mine de refuser, puis il y alla d'un air sournois, et se dissimula, sauf la tête. Elle riait, voulait envelopper ses yeux, et ils jouaient d'une façon amoureuse et gaie, sans pudeur apprise et sans gêne.

Pour finir il céda; alors, en une seconde, elle dénoua son dernier jupon, qui glissa le long de ses jambes, tomba autour de ses pieds et s'aplatit en rond par terre. Elle l'y laissa, l'enjamba, nue sous la chemise flottante, et elle se glissa dans le lit, dont les ressorts chantèrent sous son poids.

Aussitôt il arriva, déchaussé lui-même, en pantalon, et il se courbait vers sa femme, cherchant ses lèvres qu'elle cachait dans l'oreiller, quand un coup de feu retentit au loin, dans la direction du bois des Râpées, lui sembla-t-il.

Il se redressa inquiet, le cœur crispé, et, courant à la fenêtre, il décrocha l'auvent.

La pleine lune baignait la cour d'une lumière jaune. L'ombre des pommiers faisait des taches sombres à leur pied ; et, au loin, la campagne, couverte de moissons mûres, luisait.

Comme Jean s'était penché au-dehors, épiant toutes les rumeurs de la nuit, deux bras nus vinrent se nouer sous son cou, et sa femme le tirant en arrière murmura : « Laisse donc, qu'est-ce que ça fait, viens-t'en. »

Il se retourna, la saisit, l'étreignit, la palpant sous la toile légère ; et, l'enlevant dans ses bras robustes, il l'emporta vers leur couche.

Au moment où il la posait sur le lit, qui plia sous le poids, une nouvelle détonation, plus proche celle-là, retentit.

Alors Jean, secoué d'une colère tumultueuse, jura : « Nom de D... ! ils croient que je ne sortirai pas à cause de toi ?... Attends, attends ! » Il se chaussa, décrocha son fusil toujours pendu à portée de sa main, et, comme sa femme se traînait à ses genoux et le suppliait, éperdue, il se dégagea vivement, courut à la fenêtre et sauta dans la cour.

Elle attendit une heure, deux heures, jusqu'au jour. Son mari ne rentra pas. Alors elle perdit la tête, appela, raconta la fureur de Jean et sa course après les braconniers.

Aussitôt les valets, les charretiers, les gars partirent à la recherche du maître.

On le retrouva à deux lieues de la ferme, ficelé des pieds à la tête, à moitié mort de fureur, son fusil tordu, sa culotte à l'envers, avec trois lièvres trépassés autour du cou et une pancarte sur la poitrine :

« Qui va à la chasse, perd sa place. »

Et, plus tard, quand il racontait cette nuit d'épousailles, il ajoutait : « Oh! pour une farce! c'était une bonne farce. Ils m'ont pris dans un collet comme un lapin, les salauds, et ils m'ont caché la tête dans un sac. Mais si je les tâte un jour, gare à eux! »

Et voilà comment on s'amuse, les jours de noce, au pays normand.

LES SABOTS

LES SABOTS[1]

A Léon Fontaine.

Le vieux curé bredouillait les derniers mots de son sermon au-dessus des bonnets blancs des paysannes et des cheveux rudes ou pommadés des paysans. Les grands paniers des fermières venues de loin pour la messe étaient posés à terre à côté d'elles; et la lourde chaleur d'un jour de juillet dégageait de tout le monde une odeur de bétail, un fumet de troupeau. Les voix des coqs entraient par la grande porte ouverte, et aussi les meuglements des vaches couchées dans un champ voisin. Parfois un souffle d'air chargé d'arômes des champs s'engouffrait sous le portail et, en soulevant sur son passage les longs rubans des coiffures, il allait faire vaciller sur l'autel les petites

1. « Gil Blas », du 21 janvier 1883. Publié sous le pseudonyme de *Maufrigneuse*.

flammes jaunes au bout des cierges... « Comme le désire le bon Dieu. Ainsi soit-il ! » prononçait le prêtre. Puis il se tut, ouvrit un livre et se mit, comme chaque semaine, à recommander à ses ouailles les petites affaires intimes de la commune. C'était un vieux homme à cheveux blancs qui administrait la paroisse depuis bientôt quarante ans, et le prône lui servait pour communiquer familièrement avec tout son monde.

Il reprit : « Je recommande à vos prières Désiré Vallin, qu' est bien malade et aussi la Paumelle qui ne se remet pas vite de ses couches. »

Il ne savait plus ; il cherchait les bouts de papier posés dans un bréviaire. Il en retrouva deux enfin et continua : « Il ne faut pas que les garçons et les filles viennent comme ça, le soir, dans le cimetière, ou bien je préviendrai le garde champêtre. — M. Césaire Omont voudrait bien trouver une jeune fille honnête comme servante. » Il réfléchit encore quelques secondes, puis ajouta : « C'est tout, mes frères, c'est la grâce que je vous souhaite au nom du Père, et du Fils, et du Saint-Esprit. »

Et il descendit de la chaire pour terminer sa messe.

Quand les Malandain furent rentrés dans leur chaumière, la dernière du hameau de la

Sablière, sur la route de Fourville, le père, un vieux petit paysan sec et ridé, s'assit devant la table, pendant que sa femme décrochait la marmite et que sa fille Adélaïde prenait dans le buffet les verres et les assiettes, et il dit : « Ça s'rait p't être bon, c'te place chez maîtr' Omont, vu que le v'là veuf, que sa bru l'aime pas, qu'il est seul et qu'il a d' quoi. J' ferions p't être ben d'y envoyer Adélaïde. »

La femme posa sur la table la marmite toute noire, enleva le couvercle, et, pendant que montait au plafond une vapeur de soupe pleine d'une odeur de choux, elle réfléchit.

L'homme reprit : « Il a d' quoi, pour sûr. Mais qu'il faudrait être dégourdi et qu'Adélaïde l'est pas un brin. »

La femme alors articula : « J' pourrions voir tout d' même. » Puis, se tournant vers sa fille, une gaillarde à l'air niais, aux cheveux jaunes, aux grosses joues rouges comme la peau des pommes, elle cria : « T' entends, grande bête. T' iras chez maît' Omont t' proposer comme servante, et tu f'ras tout c' qu'il te commandera. »

La fille se mit à rire sottement sans répondre. Puis tous trois commencèrent à manger.

Au bout de dix minutes, le père reprit : « Ecoute un mot, la fille, et tâche d' n' point te mettre en défaut sur ce que j' vas te dire... »

Et il lui traça en termes lents et minutieux toute une règle de conduite, prévoyant les moindres détails, la préparant à cette conquête d'un vieux veuf mal avec sa famille.

La mère avait cessé de manger pour écouter, et elle demeurait, la fourchette à la main, les yeux sur son homme et sur sa fille tour à tour, suivant cette instruction avec une attention concentrée et muette.

Adélaïde restait inerte, le regard errant et vague, docile et stupide.

Dès que le repas fut terminé, la mère lui fit mettre son bonnet, et elles partirent toutes deux pour aller trouver M. Césaire Omont. Il habitait une sorte de petit pavillon de briques adossé aux bâtiments d'exploitation qu'occupaient ses fermiers. Car il s'était retiré du faire-valoir, pour vivre de ses rentes.

Il avait environ cinquante-cinq ans; il était gros, jovial et bourru comme un homme riche. Il riait et criait à faire tomber les murs, buvait du cidre et de l'eau-de-vie à pleins verres, et passait encore pour chaud, malgré son âge.

Il aimait à se promener dans les champs, les mains derrière le dos, enfonçant ses sabots de bois dans la terre grasse, considérant la levée du blé ou la floraison des colzas d'un œil d'amateur à son aise, qui aime ça, mais qui ne se la foule plus.

On disait de lui : « C'est un père Bon-Temps, qui n'est pas bien levé tous les jours. »

Il reçut les deux femmes, le ventre à table, achevant son café. Et, se renversant, il demanda :

— Qu'est-ce que vous désirez ?

La mère prit la parole :

— C'est not' fille Adélaïde que j' viens vous proposer pour servante, vu c' qu'a dit ç' matin monsieur le curé.

Maître Omont considéra la fille, puis, brusquement : — Quel âge qu'elle a, c'te grande bique-là ?

— Vingt-un ans à la Saint-Michel, Monsieur Omont.

— C'est bien : all' aura quinze francs par mois et l' fricot. J' l'attends d'main, pour faire ma soupe du matin.

Et il congédia les deux femmes.

Adélaïde entra en fonctions le lendemain et se mit à travailler dur, sans dire un mot, comme elle faisait chez ses parents.

Vers neuf heures, comme elle nettoyait les carreaux de la cuisine, M. Omont la héla.

— Adélaïde !

Elle accourut. — Me v'là, not' maître.

Dès qu'elle fut en face de lui, les mains rouges et abandonnées, l'œil troublé, il déclara : — Ecoute un peu, qu'il n'y ait pas d'erreur entre nous. T' es ma servante, mais rien de plus. T' entends. Nous ne mêlerons point nos sabots.

— Oui, not' maître.

— Chacun sa place, ma fille, t' as ta cuisine; j'ai ma salle. A part ça, tout sera pour té comme pour mé. C'est convenu ?

— Oui, not' maître.

— Allons, c'est bien, va à ton ouvrage.

Et elle alla reprendre sa besogne.

A midi, elle servit le dîner du maître dans sa petite salle à papier peint; puis, quand la soupe fut sur la table, elle alla prévenir M. Omont.

— C'est servi, not' maître.

Il entra, s'assit, regarda autour de lui, déplia sa serviette, hésita une seconde, puis, d'une voix de tonnerre :

— Adélaïde!

Elle arriva, effarée. Il cria comme s'il allait la massacrer. — Eh bien, nom de D... et té, ousqu'est ta place ?

— Mais... not' maître...

Il hurlait : — J'aime pas manger tout seul, nom de D...; tu vas te mett' là, ou bien foutre le camp si tu n' veux pas. Va chercher t'nassiette et ton verre.

Épouvantée, elle apporta son couvert en balbutiant : — Me v'là, not' maître.

Et elle s'assit en face de lui.

Alors il devint jovial; il trinquait, tapait sur la table, racontait des histoires qu'elle écoutait les yeux baissés, sans oser prononcer un mot.

De temps en temps elle se levait pour aller chercher du pain, du cidre, des assiettes.

En apportant le café, elle ne déposa qu'une tasse devant lui; alors, repris de colère, il grogna :

— Eh bien, et pour té ?

— J' n'en prends point, not' maître.

— Pourquoi que tu n'en prends point ?

— Parce que je l'aime point.

Alors il éclata de nouveau : — J'aime pas prend' mon café tout seul, nom de D... Si tu n' veux pas t' mett' à en prendre itou, tu vas foutre le camp, nom de D... Va chercher une tasse et plus vite que ça.

Elle alla chercher une tasse, se rassit, goûta la noire liqueur, fit la grimace; mais, sous l'œil furieux du maître, avala jusqu'au bout. Puis il lui fallut boire le premier verre d'eau-de-vie de la rincette, le second du pousse-rincette, et le troisième du coup-de-pied-au-cul.

Et M. Omont la congédia. — Va laver ta vaisselle maintenant, t' es une bonne fille.

Il en fut de même au dîner. Puis elle dut faire sa partie de dominos; puis il l'envoya se mettre au lit.

— Va te coucher, je monterai tout à l'heure.

Et elle gagna sa chambre, une mansarde sous le toit. Elle fit sa prière, se dévêtit et se glissa dans ses draps.

Mais soudain elle bondit, effarée. Un cri furieux faisait trembler la maison.

— Adélaïde!

Elle ouvrit sa porte et répondit de son grenier :

— Me v'là, not' maître.

— Ousque t' es ?

— Mais j' suis dans mon lit, donc, not' maître.

Alors il vociféra : — Veux-tu bien descendre, nom de D... J'aime pas coucher tout seul, nom de D..., et si tu n' veux point, tu vas me foutre le camp, nom de D...

Alors, elle répondit d'en haut, éperdue, cherchant sa chandelle :

— Me v'là, not' maître!

Et il entendit ses petits sabots découverts battre le sapin de l'escalier; et, quand elle fut arrivée aux dernières marches, il la prit par le bras, et dès qu'elle eut laissé devant la porte ses étroites chaussures de bois à côté des grosses galoches du maître, il la poussa dans sa chambre en grognant :

— Plus vite que ça, donc, nom de D...!

Et elle répétait sans cesse, ne sachant plus ce qu'elle disait :

— Me v'là, me v'là, not' maître.

Six mois après, comme elle allait voir ses parents, un dimanche, son père l'examina curieusement, puis demanda :

— T' es-ti point grosse ?

Elle restait stupide, regardant son ventre, répétant : — Mais non, je n' crois point.

Alors, il l'interrogea, voulant tout savoir :

— Dis-mé si vous n'avez point, quéque soir, mêlé vos sabots ?

— Oui, je les ons mêlés l' premier soir et puis l'sautres.

— Mais alors t' es pleine, grande futaille.

Elle se mit à sangloter, balbutiant : — J' savais ti, mé ? J' savais ti, mé ?

Le père Malandain la guettait, l'œil éveillé, la mine satisfaite. Il demanda :

— Quéque tu ne savais point ?

Elle prononça, à travers ses pleurs : — J' savais ti, mé, que ça se faisait comme ça, d's'éfants !

Sa mère rentrait. L'homme articula, sans colère : — La v'là grosse, à c't' heure.

Mais la femme se fâcha, révoltée d'instinct, injuriant à pleine gueule sa fille en larmes, la traitant de « manante » et de « traînée ».

Alors le vieux la fit taire. Et comme il prenait sa casquette pour aller causer de leurs affaires avec maît' Césaire Omont, il déclara :

« All' est tout d' même encore pu sotte que j'aurais cru. All' n' savait point c' qu'all' faisait, c'te niente. »

Au prône du dimanche suivant, le vieux curé publiait les bans de M. Onufre-Césaire Omont avec Céleste-Adélaïde Malandain.

LA REMPAILLEUSE

LA REMPAILLEUSE[1]

A Léon Hennique.

C'était à la fin du dîner d'ouverture de chasse chez le marquis de Bertrans. Onze chasseurs, huit jeunes femmes et le médecin du pays étaient assis autour de la grande table illuminée, couverte de fruits et de fleurs.

On vint à parler d'amour, et une grande discussion s'éleva, l'éternelle discussion, pour savoir si on pouvait aimer vraiment une fois ou plusieurs fois. On cita des exemples de gens n'ayant jamais eu qu'un amour sérieux; on cita aussi d'autres exemples de gens ayant aimé souvent, avec violence. Les hommes, en général, prétendaient que la passion, comme les maladies, peut frapper plusieurs fois le même être, et le frapper à le tuer si quelque obstacle se dresse

1. « Le Gaulois » du 17 septembre 1882.

devant lui. Bien que cette manière de voir ne fût pas contestable, les femmes, dont l'opinion s'appuyait sur la poésie bien plus que sur l'observation, affirmaient que l'amour, l'amour vrai, le grand amour, ne pouvait tomber qu'une fois sur un mortel, qu'il était semblable à la foudre, cet amour, et qu'un cœur touché par lui demeurait ensuite tellement vidé, ravagé, incendié, qu'aucun autre sentiment puissant, même aucun rêve, n'y pouvait germer de nouveau.

Le marquis ayant aimé beaucoup, combattait vivement cette croyance :

— Je vous dis, moi, qu'on peut aimer plusieurs fois avec toutes ses forces et toute son âme. Vous me citez des gens qui se sont tués par amour, comme preuve de l'impossibilité d'une seconde passion. Je vous répondrai que, s'ils n'avaient pas commis cette bêtise de se suicider, ce qui leur enlevait toute chance de rechute, ils se seraient guéris; et ils auraient recommencé, et toujours, jusqu'à leur mort naturelle. Il en est des amoureux comme des ivrognes. Qui a bu boira — qui a aimé aimera. C'est une affaire de tempérament, cela.

On prit pour arbitre le docteur, vieux médecin parisien retiré aux champs, et on le pria de donner son avis.

Justement il n'en avait pas :

— Comme l'a dit le marquis, c'est une affaire de tempérament; quant à moi, j'ai eu connaissance d'une passion qui dura cinquante-cinq ans sans un jour de répit, et qui ne se termina que par la mort.

La marquise battit des mains.

— Est-ce beau cela! Et quel rêve d'être aimé ainsi! Quel bonheur de vivre cinquante-cinq ans tout enveloppé de cette affection acharnée et pénétrante! Comme il a dû être heureux et bénir la vie, celui qu'on adora de la sorte!

Le médecin sourit :

— En effet, Madame, vous ne vous trompez pas sur ce point, que l'être aimé fut un homme. Vous le connaissez, c'est M. Chouquet, le pharmacien du bourg. Quant à elle, la femme, vous l'avez connue aussi, c'est la vieille rempailleuse de chaises qui venait tous les ans au château. Mais je vais me faire mieux comprendre.

L'enthousiasme des femmes était tombé; et leur visage dégoûté disait : « Pouah ! », comme si l'amour n'eût dû frapper que des êtres fins et distingués, seuls dignes de l'intérêt des gens comme il faut.

Le médecin reprit :

— J'ai été appelé, il y a trois mois, auprès de cette vieille femme, à son lit de mort. Elle était arrivée, la veille, dans la voiture qui lui servait de maison, traînée par la rosse que vous avez vue, et accompagnée de ses deux grands chiens noirs, ses amis et ses gardiens.

Le curé était déjà là. Elle nous fit ses exécuteurs testamentaires, et, pour nous dévoiler le sens de ses volontés dernières, elle nous raconta toute sa vie. Je ne sais rien de plus singulier et de plus poignant.

Son père était rempailleur et sa mère rempailleuse. Elle n'a jamais eu de logis planté en terre.

Toute petite, elle errait, haillonneuse, vermineuse, sordide. On s'arrêtait à l'entrée des villages, le long des fossés ; on dételait la voiture ; le cheval broutait ; le chien dormait, le museau sur ses pattes ; et la petite se roulait dans l'herbe pendant que le père et la mère rafistolaient, à l'ombre des ormes du chemin, tous les vieux sièges de la commune. On ne parlait guère dans cette demeure ambulante. Après les quelques mots nécessaires pour décider qui ferait le tour des maisons en poussant le cri bien connu : « Remmmpailleur de chaises ! », on se mettait à tortiller la paille, face à face ou côte à côte. Quand l'enfant allait trop loin ou tentait d'entrer en relations avec quelque galopin du village, la voix colère du père la rappelait : « Veux-tu bien revenir ici, crapule ! » C'étaient les seuls mots de tendresse qu'elle entendait.

Quand elle devint plus grande, on l'envoya faire la récolte des fonds de siège avariés. Alors elle ébaucha quelques connaissances de place en place avec les gamins ; mais c'étaient, cette fois, les parents de ses nouveaux amis qui rappelaient brutalement leurs enfants : « Veux-tu bien venir ici, polisson! Que je te voie causer avec les va-nu-pieds!... »

Souvent les petits gars lui jetaient des pierres.

Des dames lui ayant donné quelques sous, elle les garda soigneusement.

Un jour — elle avait alors onze ans — comme elle passait par ce pays, elle rencontra derrière le cimetière le petit Chouquet qui pleurait parce qu'un camarade lui avait volé deux liards. Ces larmes d'un petit bourgeois, d'un de ces petits qu'elle s'imaginait dans sa frêle caboche de déshéritée, être toujours contents et joyeux, la bouleversèrent. Elle s'approcha, et, quand elle connut la raison de sa peine, elle versa entre ses mains toutes ses économies, sept sous, qu'il prit naturellement, en s'essuyant ses larmes. Alors, folle de joie, elle eut l'audace de l'embrasser. Comme il considérait attentivement sa monnaie, il se laissa faire. Ne se voyant ni repoussée, ni battue, elle recommença; elle l'embrassa à pleins bras, à plein cœur. Puis elle se sauva.

Que se passa-t-il dans cette misérable tête ? S'est-elle attachée à ce mioche parce qu'elle lui avait sacrifié sa fortune de vagabonde, ou parce qu'elle lui avait donné son premier baiser tendre ? Le mystère est le même pour les petits que pour les grands.

Pendant des mois, elle rêva de ce coin de

cimetière et de ce gamin. Dans l'espérance de le revoir, elle vola ses parents, grappillant un sou par-ci, un sou par-là, sur un re[m]paillage, ou sur les provisions qu'elle allait acheter.

Quand elle revint, elle avait deux francs dans sa poche, mais elle ne put qu'apercevoir le petit pharmacien, bien propre, derrière les carreaux de la boutique paternelle, entre un bocal rouge et un ténia.

Elle ne l'en aima que davantage, séduite, émue, extasiée par cette gloire de l'eau colorée, cette apothéose des cristaux luisants.

Elle garda en elle son souvenir ineffaçable, et, quand elle le rencontra, l'an suivant, derrière l'école, jouant aux billes avec ses camarades, elle se jeta sur lui, le saisit dans ses bras, et le baisa avec tant de violence qu'il se mit à hurler de peur. Alors, pour l'apaiser, elle lui donna son argent : trois francs vingt, un vrai trésor, qu'il regardait avec des yeux agrandis.

Il le prit et se laissa caresser tant qu'elle voulut.

Pendant quatre ans encore, elle versa entre ses mains toutes ses réserves, qu'il empochait avec conscience en échange de baisers consentis. Ce fut une fois trente sous, une fois deux francs, une fois douze sous (elle en pleura de peine et d'humiliation, mais l'année avait été mauvaise), et la dernière fois, cinq francs, une grosse pièce ronde, qui le fit rire d'un rire content.

Elle ne pensait plus qu'à lui ; et il attendait

son retour avec une certaine impatience, courait au-devant d'elle en la voyant, ce qui faisait bondir le cœur de la fillette.

Puis il disparut. On l'avait mis au collège. Elle le sut en interrogeant habilement. Alors elle usa d'une diplomatie infinie pour changer l'itinéraire de ses parents et les faire passer par ici au moment des vacances. Elle y réussit, mais après un an de ruses. Elle était donc restée deux ans sans le revoir ; et elle le reconnut à peine, tant il était changé, grandi, embelli, imposant dans sa tunique à boutons d'or. Il feignit de ne pas la voir et passa fièrement près d'elle.

Elle en pleura pendant deux jours ; et depuis lors elle souffrit sans fin.

Tous les ans elle revenait, passait devant lui sans oser le saluer et sans qu'il daignât même tourner les yeux vers elle. Elle l'aimait éperdument. Elle me dit : « C'est le seul homme que j'ai vu sur la terre, monsieur le médecin ; je ne sais pas si les autres existaient seulement. »

Ses parents moururent. Elle continua leur métier, mais elle prit deux chiens au lieu d'un, deux terribles chiens qu'on n'aurait pas osé braver.

Un jour, en rentrant dans ce village où son cœur était resté, elle aperçut une jeune femme qui sortait de la boutique Chouquet au bras de son bien-aimé. C'était sa femme. Il était marié.

Le soir même, elle se jeta dans la mare qui est sur la place de la Mairie. Un ivrogne attardé la repêcha, et la porta à la pharmacie. Le fils Chouquet descendit en robe de chambre, pour la soigner, et, sans paraître la reconnaître, la déshabilla, la frictionna, puis il lui dit d'une voix dure : « Mais vous êtes folle ! Il ne faut pas être bête comme ça ! »

Cela suffit pour la guérir. Il lui avait parlé ! Elle était heureuse pour longtemps.

Il ne voulut rien recevoir en rémunération de ses soins, bien qu'elle insistât vivement pour le payer.

Et toute sa vie s'écoula ainsi. Elle rempaillait en songeant à Chouquet. Tous les ans, elle l'apercevait derrière ses vitraux. Elle prit l'habitude d'acheter chez lui des provisions de menus médicaments. De la sorte elle le voyait de près, et lui parlait, et lui donnait encore de l'argent.

Comme je vous l'ai dit en commençant, elle est morte ce printemps. Après m'avoir raconté toute cette triste histoire, elle me pria de remettre à celui qu'elle avait si patiemment aimé toutes les économies de son existence, car elle n'avait travaillé que pour lui, disait-elle, jeûnant même pour mettre de côté, et être sûre qu'il penserait à elle, au moins une fois, quand elle serait morte.

Elle me donna donc deux mille trois cent vingt-sept francs. Je laissai à M. le Curé les vingt-sept francs pour l'enterrement, et j'emportai le reste quand elle eut rendu le dernier soupir.

Le lendemain, je me rendis chez les Chouquet. Ils achevaient de déjeuner, en face l'un de l'autre, gros et rouges, fleurant les produits pharmaceutiques, importants et satisfaits.

On me fit asseoir; on m'offrit un kirsch, que j'acceptai; et je commençai mon discours d'une voix émue, persuadé qu'ils allaient pleurer.

Dès qu'il eut compris qu'il avait été aimé de cette vagabonde, de cette rempailleuse, de cette rouleuse, Chouquet bondit d'indignation, comme si elle lui avait volé sa réputation, l'estime des honnêtes gens, son honneur intime, quelque chose de délicat qui lui était plus cher que la vie.

Sa femme, aussi exaspérée que lui, répétait : « Cette gueuse! cette gueuse! cette gueuse!... », sans pouvoir trouver autre chose.

Il s'était levé; il marchait à grands pas derrière la table, le bonnet grec chaviré sur une oreille. Il balbutiait : « Comprend-on ça, docteur ? Voilà de ces choses horribles pour un homme! Que faire ? Oh! si je l'avais su de son vivant, je l'aurais fait arrêter par la gendarmerie et flanquer en prison. Et elle n'en serait pas sortie, je vous en réponds! »

Je demeurais stupéfait du résultat de ma démarche pieuse. Je ne savais que dire ni que faire. Mais j'avais à compléter ma mission. Je repris : « Elle m'a chargé de vous remettre ses économies, qui montent à deux mille trois cents francs. Comme ce que je viens de vous apprendre semble vous être fort désagréable, le mieux serait peut-être de donner cet argent aux pauvres. »

Ils me regardaient, l'homme et la femme, perclus de saisissement.

Je tirai l'argent de ma poche, du misérable argent de tous les pays et de toutes les marques, de l'or et des sous mêlés. Puis je demandai : « Que décidez-vous ? »

Mme Chouquet parla la première : « Mais, puisque c'était sa dernière volonté, à cette femme... il me semble qu'il nous est bien difficile de refuser. »

Le mari, vaguement confus, reprit : « Nous pourrions toujours acheter avec ça quelque chose pour nos enfants. »

Je dis d'un air sec : « Comme vous voudrez. »

Il reprit : « Donnez toujours, puisqu'elle vous en a chargé; nous trouverons bien moyen de l'employer à quelque bonne œuvre. »

Je remis l'argent, je saluai, et je partis.

Le lendemain Chouquet vint me trouver et, brusquement : « Mais elle a laissé ici sa voiture, cette... cette femme. Qu'est-ce que vous en faites, de cette voiture ?

— Rien, prenez-la si vous voulez.

— Parfait; cela me va; j'en ferai une cabane pour mon potager. »

Il s'en allait. Je le rappelai. « Elle a laissé aussi son vieux cheval et ses deux chiens. Les voulez-vous ? » Il s'arrêta, surpris : « Ah! non, par exemple; que voulez-vous que j'en fasse ? Disposez-en comme vous voudrez. » Et il riait. Puis il me tendit sa main que je serrai. Que voulez-vous ? Il ne faut pas, dans un pays, que le médecin et le pharmacien soient ennemis.

J'ai gardé les chiens chez moi. Le curé, qui a une grande cour, a pris le cheval. La voiture sert de cabane à Chouquet, et il a acheté cinq obligations de chemin de fer avec l'argent.

Voilà le seul amour profond que j'aie rencontré, dans ma vie. »

Le médecin se tut.

Alors la marquise, qui avait des larmes dans les yeux, soupira : « Décidément, il n'y a que les femmes pour savoir aimer! »

EN MER

EN MER[1]

A Henry Céard.

On lisait dernièrement dans les journaux les lignes suivantes :

BOULOGNE-SUR-MER, 22 janvier. — On nous écrit :

« Un affreux malheur vient de jeter la consternation parmi notre population maritime déjà si éprouvée depuis deux années. Le bateau de pêche commandé par le patron Javel, entrant dans le port, a été jeté à l'Ouest et est venu se briser sur les roches du brise-lames de la jetée.

« Malgré les efforts du bateau de sauvetage et des lignes envoyées au moyen du fusil porte-amarre, quatre hommes et le mousse ont péri.

« Le mauvais temps continue. On craint de nouveaux sinistres. »

1. « Gil Blas » du 12 février 1883. Publié sous le pseudonyme de *Maufrigneuse*.

Quel est ce patron Javel ? Est-il le frère du manchot ?

Si le pauvre homme roulé par la vague, et mort peut-être sous les débris de son bateau mis en pièces, est celui auquel je pense, il avait assisté, voici dix-huit ans maintenant, à un autre drame, terrible et simple comme sont toujours ces drames formidables des flots.

Javel aîné était alors patron d'un chalutier.

Le chalutier est le bateau de pêche par excellence. Solide à ne craindre aucun temps, le ventre rond, roulé sans cesse par les lames comme un bouchon, toujours dehors, toujours fouetté par les vents durs et salés de la Manche, il travaille la mer, infatigable, la voile gonflée, traînant par le flanc un grand filet qui racle le fond de l'Océan, et détache et cueille toutes les bêtes endormies dans les roches, les poissons plats collés au sable, les crabes lourds aux pattes crochues, les homards aux moustaches pointues.

Quand la brise est fraîche et la vague courte, le bateau se met à pêcher. Son filet est fixé tout le long d'une grande tige de bois garnie de fer qu'il laisse descendre au moyen de deux câbles glissant sur deux rouleaux aux deux bouts de l'embarcation. Et le bateau, dérivant sous le vent et le courant, tire avec lui cet appareil qui ravage et dévaste le sol de la mer.

Javel avait à son bord son frère cadet, quatre hommes et un mousse. Il était sorti de Boulogne par un beau temps clair pour jeter le chalut.

Or, bientôt le vent s'éleva, et une bourrasque survenant força le chalutier à fuir. Il gagna les côtes d'Angleterre ; mais la mer démontée battait les falaises, se ruait contre la terre, rendait impossible l'entrée des ports. Le petit bateau reprit le large et revint sur les côtes de France. La tempête continuait à faire infranchissables les jetées, enveloppant d'écume, de bruit et de danger tous les abords des refuges.

Le chalutier repartit encore, courant sur le dos des flots, ballotté, secoué, ruisselant, souffleté par des paquets d'eau, mais gaillard, malgré tout, accoutumé à ces gros temps qui le tenaient parfois cinq ou six jours errant entre les deux pays voisins sans pouvoir aborder l'un ou l'autre.

Puis enfin l'ouragan se calma comme il se trouvait en pleine mer, et, bien que la vague fût encore forte, le patron commanda de jeter le chalut.

Donc le grand engin de pêche fut passé par-dessus bord, et deux hommes à l'avant, deux hommes à l'arrière, commencèrent à filer sur les rouleaux les amarres qui le tenaient. Soudain il toucha le fond, mais une haute lame inclinant le bateau, Javel cadet, qui se trouvait à l'avant et dirigeait la descente du filet, chancela, et son bras se trouva saisi entre la corde un instant détendue par la secousse et le bois où elle glissait. Il fit un effort désespéré, tâchant de l'autre main de soulever l'amarre, mais le chalut traînait déjà et le câble roidi ne céda point.

L'homme crispé par la douleur appela. Tous accoururent. Son frère quitta la barre. Ils se jetèrent sur la corde, s'efforçant de dégager le membre qu'elle broyait. Ce fut en vain. « Faut couper », dit un matelot, et il tira de sa poche un large couteau, qui pouvait, en deux coups, sauver le bras de Javel cadet.

Mais couper, c'était perdre le chalut, et ce chalut valait de l'argent, beaucoup d'argent, quinze cents francs ; et il appartenait à Javel aîné, qui tenait à son avoir.

Il cria, le cœur torturé : « Non, coupe pas, attends, je vas lofer. » Et il courut au gouvernail, mettant toute la barre dessous.

Le bateau n'obéit qu'à peine, paralysé par ce filet qui immobilisait son impulsion, et entraîné d'ailleurs par la force de la dérive et du vent.

Javel cadet s'était laissé tomber sur les genoux, les dents serrées, les yeux hagards. Il ne disait rien. Son frère revint, craignant toujours le couteau d'un marin : « Attends, attends, coupe pas, faut mouiller l'ancre. »

L'ancre fut mouillée, toute la chaîne filée, puis on se mit à virer au cabestan pour détendre les amarres du chalut. Elles s'amollirent, enfin, et on dégagea le bras inerte, sous la manche de laine ensanglantée.

Javel cadet semblait idiot. On lui retira la vareuse et on vit une chose horrible, une bouillie de chairs dont le sang jaillissait à flots qu'on eût dit poussés par une pompe. Alors l'homme regarda son bras et murmura : « Foutu. »

Puis, comme l'hémorragie faisait une mare sur le pont du bateau, un des matelots cria : « Il va se vider, faut nouer la veine. »

Alors ils prirent une ficelle, une grosse ficelle brune et goudronnée, et, enlaçant le membre au-dessus de la blessure, ils serrèrent de toute leur force. Les jets de sang s'arrêtaient peu à peu : et finirent par cesser tout à fait.

Javel cadet se leva, son bras pendait à son côté. Il le prit de l'autre main, le souleva, le tourna, le secoua. Tout était rompu, les os cassés; les muscles seuls retenaient ce morceau de son corps. Il le considérait d'un œil morne, réfléchissant. Puis il s'assit sur une voile pliée, et les camarades lui conseillèrent de mouiller sans cesse la blessure pour empêcher le mal noir.

On mit un seau auprès de lui, et, de minute en minute, il puisait dedans au moyen d'un verre, et baignait l'horrible plaie en laissant couler dessus un petit filet d'eau claire.

— Tu serais mieux en bas, lui dit son frère. Il descendit, mais au bout d'une heure il remonta, ne se sentant pas bien tout seul. Et puis, il préférait le grand air. Il se rassit sur sa voile et recommença à bassiner son bras.

La pêche était bonne. Les larges poissons à ventre blanc gisaient à côté de lui, secoués par des spasmes de mort ; il les regardait sans cesser d'arroser ses chairs écrasées.

Comme on allait regagner Boulogne, un nouveau coup de vent se déchaîna ; et le petit bateau recommença sa course folle, bondissant et culbutant, secouant le triste blessé.

La nuit vint. Le temps fut gros jusqu'à l'aurore. Au soleil levant on apercevait de nouveau l'Angleterre, mais, comme la mer était moins dure, on repartit pour la France en louvoyant.

Vers le soir, Javel cadet appela ses camarades et leur montra des traces noires, toute une vilaine apparence de pourriture sur la partie du membre qui ne tenait plus à lui. Les matelots regardaient, disant leur avis.

— Ça pourrait bien être le Noir, pensait l'un.

— Faudrait de l'iau salée là-dessus, déclarait un autre.

On apporta donc de l'eau salée et on en versa sur le mal. Le blessé devint livide, grinça des dents, se tordit un peu ; mais il ne cria pas.

Puis, quand la brûlure se fut calmée : « Donne-moi ton couteau », dit-il à son frère. Le frère tendit son couteau.

« Tiens-moi le bras en l'air, tout drait, tire dessus. »

On fit ce qu'il demandait.

Alors il se mit à couper lui-même. Il coupait doucement, avec réflexion, tranchant les derniers tendons avec cette lame aiguë, comme un fil de rasoir ; et bientôt il n'eut plus qu'un moignon. Il poussa un profond soupir et déclara : « Fallait ça. J'étais foutu. »

Il semblait soulagé et respirait avec force. Il recommença à verser de l'eau sur le tronçon de membre qui lui restait.

La nuit fut mauvaise encore et on ne put atterrir.

Quand le jour parut, Javel cadet prit son bras détaché et l'examina longuement. La putréfaction se déclarait. Les camarades vinrent aussi l'examiner, et ils se le passaient de main en main, le tâtaient, le retournaient, le flairaient.

Son frère dit : « Faut jeter ça à la mer à c't' heure. »

Mais Javel cadet se fâcha : « Ah ! mais non, ah ! mais non. J' veux point. C'est à moi, pas vrai, pisque c'est mon bras. »

Il le reprit et le posa entre ses jambes.

— Il va pas moins pourrir, dit l'aîné.

Alors une idée vint au blessé. Pour conserver le poisson quand on tenait longtemps la mer, on l'empilait en des barils de sel.

Il demanda : « J' pourrions t'y point l' mettre dans la saumure. »

— Ça, c'est vrai, déclarèrent les autres.

Alors on vida un des barils, plein déjà de la pêche des jours derniers; et, tout au fond, on déposa le bras. On versa du sel dessus, puis on replaça, un à un, les poissons.

Un des matelots fit cette plaisanterie : « Pourvu que je l' vendions point à la criée. »

Et tout le monde rit, hormis les deux Javel.

Le vent soufflait toujours. On louvoya encore en vue de Boulogne jusqu'au lendemain dix heures. Le blessé continuait sans cesse à jeter de l'eau sur sa plaie.

De temps en temps il se levait et marchait d'un bout à l'autre du bateau.

Son frère, qui tenait la barre, le suivait de l'œil en hochant la tête.

On finit par rentrer au port.

Le médecin examina la blessure et la déclara en bonne voie. Il fit un pansement complet et ordonna le repos. Mais Javel ne voulut pas se coucher sans avoir repris son bras, et il retourna bien vite au port pour retrouver le baril qu'il avait marqué d'une croix.

On le vida devant lui et il ressaisit son membre, bien conservé dans la saumure, ridé, rafraîchi. Il l'enveloppa dans une serviette emportée à cette intention, et rentra chez lui.

Sa femme et ses enfants examinèrent longuement ce débris du père, tâtant les doigts, enlevant les brins de sel restés sous les ongles ; puis on fit venir le menuisier [, qui prit mesure] pour un petit cercueil.

Le lendemain l'équipage complet du chalutier suivit l'enterrement du bras détaché. Les deux frères, côte à côte, conduisaient le deuil. Le sacristain de la paroisse tenait [le] cadavre sous son aisselle.

Javel cadet cessa de naviguer. Il obtint un petit emploi dans le port, et, quand il parlait plus tard de son accident, il confiait tout bas à son auditeur : « Si le frère avait voulu couper le chalut, j'aurais encore mon bras, pour sûr. Mais il était regardant à son bien. »

UN NORMAND

UN NORMAND[1]

A Paul Alexis.

Nous venions de sortir de Rouen et nous suivions au grand trot la route de Jumièges. La légère voiture filait, traversant les prairies ; puis le cheval se mit au pas pour monter la côte de Canteleu.

C'est là un des horizons les plus magnifiques qui soient au monde. Derrière nous Rouen, la ville aux églises, aux clochers gothiques, travaillés comme des bibelots d'ivoire ; en face, Saint-Sever, le faubourg aux manufactures, qui dresse ses mille cheminées fumantes sur le grand ciel vis-à-vis des mille clochetons sacrés de la vieille cité.

Ici la flèche de la cathédrale, le plus haut sommet des monuments humains ; et là-bas, la « Pompe à feu » de la « Foudre », sa rivale

1. « Gil Blas » du 10 octobre 1882. Publié sous le pseudonyme de *Maufrigneuse*.

presque aussi démesurée, et qui passe d'un mètre la plus géante des pyramides d'Égypte.

Devant nous la Seine se déroulait, ondulante, semée d'îles, bordée à droite de blanches falaises que couronnait une forêt, à gauche de prairies immenses qu'une autre forêt limitait, là-bas, tout là-bas.

De place en place, de grands navires à l'ancre le long des berges du large fleuve. Trois énormes vapeurs s'en allaient, à la queue leu leu, vers le Havre; et un chapelet de bâtiments, formé d'un trois-mâts, de deux goélettes et d'un brick, remontait vers Rouen, traîné par un petit remorqueur vomissant un nuage de fumée noire.

Mon compagnon, né dans le pays, ne regardait même point ce surprenant paysage; mais il souriait sans cesse; il semblait rire en lui-même. Tout à coup, il éclata : « Ah! vous allez voir quelque chose de drôle; la chapelle au père Mathieu. Ça, c'est du nanan, mon bon. »

Je le regardai d'un œil étonné. Il reprit :

— Je vais vous faire sentir un fumet de Normandie qui vous restera dans le nez. Le père Mathieu est le plus beau Normand de la province et sa chapelle une des merveilles du monde, ni plus ni moins; mais je vais vous donner d'abord quelques mots d'explication.

Le père Mathieu, qu'on appelle aussi le père « La Boisson », est un ancien sergent-major revenu dans son pays natal. Il unit en des proportions admirables pour faire un ensemble parfait la blague du vieux soldat à la malice finaude du Normand. De retour au pays, il est devenu, grâce à des protections multiples et à des habiletés invraisemblables, gardien d'une chapelle miraculeuse, une chapelle protégée par la Vierge et fréquentée principalement par les filles enceintes. Il a baptisé sa statue merveilleuse : « Notre-Dame du Gros-Ventre », et il la traite avec une certaine familiarité goguenarde qui n'exclut point le respect. Il a composé lui-même et fait imprimer une prière spéciale pour sa BONNE VIERGE. Cette prière est un chef-d'œuvre d'ironie involontaire, d'esprit normand où la raillerie se mêle à la peur du SAINT, à la peur superstitieuse de l'influence secrète de quelque chose. Il ne croit pas beaucoup à sa patronne; cependant il y croit un peu, par prudence, et il la ménage, par politique.

Voici le début de cette étonnante oraison :

« Notre bonne madame la Vierge Marie, patronne naturelle des filles-mères en ce pays et par toute la terre, protégez votre servante qui a fauté dans un moment d'oubli. »

. . . .

Cette supplique se termine ainsi :

« Ne m'oubliez pas surtout auprès de votre saint Époux et intercédez auprès de Dieu le Père pour qu'il m'accorde un bon mari semblable au vôtre. »

Cette prière, interdite par le clergé de la contrée, est vendue par lui sous le manteau, et passe pour salutaire à celles qui la récitent avec onction.

En somme, il parle de la bonne Vierge, comme faisait de son maître le valet de chambre d'un prince redouté, confident de tous les petits secrets intimes. Il sait sur son compte une foule d'histoires amusantes, qu'il dit tout bas, entre amis, après boire.

Mais vous verrez par vous-même.

Comme les revenus fournis par la Patronne ne lui semblaient point suffisants, il a annexé à la Vierge principale un petit commerce de Saints. Il les tient tous ou presque tous. La place manquant dans la chapelle, il les a emmagasinés au bûcher, d'où il les sort sitôt qu'un fidèle les demande. Il a façonné lui-même ces statuettes de bois, invraisemblablement comiques, et les a peintes toutes en vert à pleine couleur, une année qu'on badigeonnait sa maison. Vous savez que les Saints guérissent les maladies; mais chacun a sa spécialité; et il ne faut pas commettre de confusion ni d'erreurs. Ils sont jaloux les uns des autres comme des cabotins.

Pour ne pas se tromper, les vieilles bonnes femmes viennent consulter Mathieu.

— Pour les maux d'oreilles, qué saint qu' est l' meilleur ?

— Mais y a saint Osyme qu' est bon; y a aussi saint Pamphile qu' est pas mauvais.

Ce n'est pas tout.

Comme Mathieu a du temps de reste, il boit; mais il boit en artiste, en convaincu, si bien qu'il est gris régulièrement tous les soirs. Il est gris, mais il le sait; il le sait si bien qu'il note chaque jour le degré exact de son ivresse. C'est là sa principale occupation; la chapelle ne vient qu'après.

Et il a inventé, — écoutez bien et cramponnez-vous, — il a inventé le saoulomètre.

L'instrument n'existe pas, mais les observations de Mathieu sont aussi précises que celles d'un mathématicien.

Vous l'entendez dire sans cesse : « D'puis lundi, j'ai passé quarante-cinq. »

Ou bien : « J'étais entre cinquante-deux et cinquante-huit. »

Ou bien : « J'en avais bien soixante-six à soixante-dix. »

Ou bien : « Cré coquin, je me croyais dans les cinquante, v'là que j'm' aperçois qu' j'étais dans les soixante-quinze! »

Jamais il ne se trompe.

Il affirme n'avoir pas atteint le mètre, mais comme il avoue que ses observations cessent d'être précises quand il a passé quatre-vingt-dix, on ne peut se fier absolument à son affirmation.

Quand Mathieu reconnaît avoir passé quatre-vingt-dix, soyez tranquille, il était crânement gris.

Dans ces occasions-là, sa femme, Mélie, une autre merveille, se met en des colères folles. Elle l'attend sur sa porte, quand il rentre, et elle hurle : « Te voilà, salaud, cochon, bougre d'ivrogne ! »

Alors Mathieu, qui ne rit plus, se campe en face d'elle, et, d'un ton sévère : « Tais-toi, Mélie, c'est pas [l'] moment de causer. Attends à d'main. »

Si elle continue à vociférer, il s'approche et, la voix tremblante : « Gueule plus ; j' suis dans les quatre-vingt-dix ; je n' mesure plus ; j' vas cogner, prends garde ! »

Alors, Mélie bat en retraite.

Si elle veut, le lendemain, revenir sur ce sujet, il lui rit au nez et répond : « Allons, Allons ! assez causé ; c'est passé. Tant qu' j'aurai pas atteint le mètre, y a pas de mal. Mais si j' passe le mètre, j' te permets de m' corriger, ma parole ! »

Nous avions gagné le sommet de la côte. La route s'enfonçait dans l'admirable forêt de Roumare.

L'automne, l'automne merveilleux, mêlait son or et sa pourpre aux dernières verdures restées vives, comme si des gouttes de soleil fondu avaient coulé du ciel dans l'épaisseur des bois.

On traversa Duclair; puis, au lieu de continuer sur Jumièges, mon ami tourna vers la gauche, et, prenant un chemin de traverse, s'enfonça dans le taillis.

Et bientôt, du sommet d'une grande côte nous découvrions de nouveau la magnifique vallée de la Seine et le fleuve tortueux s'allongeant à nos pieds.

Sur la droite, un tout petit bâtiment couvert d'ardoises et surmonté d'un clocher haut comme une ombrelle s'adossait contre une jolie maison aux persiennes vertes, toute vêtue de chèvrefeuilles et de rosiers.

Une grosse voix cria : « V'là des amis! » Et Mathieu parut sur le seuil. C'était un homme de soixante ans, maigre, portant la barbiche et de longues moustaches blanches.

Mon compagnon lui serra la main, me présenta, et Mathieu nous fit entrer dans une fraîche cuisine qui lui servait aussi de salle. Il disait :

— Moi, Monsieur, j' n'ai pas d'appartement distingué. J'aime bien à n' point m'éloigner du fricot. Les casseroles, voyez-vous, ça tient compagnie.

Puis, se tournant vers mon ami :

— Pourquoi venez-vous un jeudi ? Vous savez bien que c'est jour de consultation d' ma Patronne. J' peux pas sortir c't' après-midi.

Et, courant à la porte, il poussa un effroyable beuglement : « Méli-e-e! » qui dut faire lever la tête aux matelots des navires qui descendaient ou remontaient le fleuve, là-bas, tout au fond de la creuse vallée.

Mélie ne répondit point.

Alors Mathieu cligna de l'œil avec malice.

— A n'est pas contente après moi, voyez-vous, parce qu' hier je m' suis trouvé dans les quatre-vingt-dix.

Mon voisin se mit à rire : — Dans les quatre-vingt-dix, Mathieu! Comment avez-vous fait ?

Mathieu répondit :

— J' vas vous dire. J' n'ai trouvé, l'an dernier, qu' vingt rasières d' pommes d'abricot. Y n'y en a pu; mais, pour faire du cidre, y n'y a qu' ça. Donc j'en fis une pièce qu' je mis hier en perce. Pour du nectar, c'est du nectar; vous m'en direz des nouvelles. J'avais ici Polyte; j' nous mettons à boire un coup, et puis encore un coup, sans s' rassasier (on en boirait jusqu'à d'main), si bien que, d' coup en coup, je m' sens une fraîcheur dans l'estomac. J' dis à Polyte : « Si on buvait un verre de fine pour se réchauffer! » Y consent. Mais c'te fine, ça vous met l' feu dans le corps, si bien qu'il a fallu r'venir au cidre. Mais v'là que d' fraîcheur en chaleur et d' chaleur en fraîcheur, j' m'aperçois que j' suis dans les quatre-vingt-dix. Polyte était pas loin du mètre.

La porte s'ouvrit. Mélie parut, et tout de

suite avant de nous avoir dit bonjour : « ... Crès cochon, vous aviez bien l' mètre tous les deux. »

Alors Mathieu se fâcha : « Dis pas ça, Mélie, dis pas ça ; j'ai jamais été au mètre. »

On nous fit un déjeuner exquis, devant la porte, sous deux tilleuls, à côté de la petite chapelle de « Notre-Dame du Gros-Ventre » et en face de l'immense paysage. Et Mathieu nous raconta, avec [une] raillerie mêlée de crédulité[s] inattendue[s], d'invraisemblables histoires de miracles.

Nous avions bu beaucoup de [ce] cidre adorable, piquant et sucré, frais et grisant, qu'il préférait à tous les liquides, et nous fumions nos pipes, à cheval sur nos chaises, quand deux bonnes femmes se présentèrent.

Elles étaient vieilles, sèches, courbées. Après avoir salué, elles demandèrent saint Blanc. Mathieu cligna de l'œil vers nous et répondit :

— J' vas vous donner ça.

Et il disparut dans son bûcher.

Il y resta bien cinq minutes ; puis il revint avec une figure consternée. Il levait les bras :

— J' sais pas ousqu'il est, je l' trouve pu ; j' suis pourtant sûr que je l'avais.

Alors, faisant de ses mains un porte-voix, il mugit de nouveau : « Méli-e-e ! ». Du fond de la cour sa femme répondit :

— Qué qu'y a ?

— Ousqu'il est saint Blanc! Je l'trouve pu dans l' bûcher.

Alors, Mélie jeta cette explication :

— C'est-y pas celui qu' t' as pris l'aut'e semaine pour boucher l' trou d' la cabane à lapins ?

Mathieu tressaillit : « Nom d'un tonnerre, ça s' peut bien! »

Alors il dit aux femmes : « Suivez-moi. »

Elles suivirent. Nous en fîmes autant, malades de rires étouffés.

En effet, saint Blanc, piqué en terre comme un simple pieu, maculé de boue et d'ordures, servait d'angle à la cabane à lapins.

Dès qu'elles l'aperçurent, les deux bonnes femmes tombèrent à genoux, se signèrent et se mirent à murmurer des *Oremus*. Mais Mathieu se précipita : « Attendez, vous v'là dans la crotte; j' vas vous donner une botte de paille. »

Il alla chercher la paille et leur en fit un prie-Dieu. Puis, considérant son saint fangeux, et, craignant sans doute un discrédit pour son commerce, il ajouta :

— J' vas vous l' débrouiller un brin.

Il prit un seau, une brosse, et se mit à laver vigoureusement le bonhomme de bois, pendant que les deux vieilles priaient toujours.

Puis, quand il eut fini, il ajouta : « Maintenant il n'y a plus d' mal. » Et il nous ramena boire un coup.

Comme il portait le verre à sa bouche, il

s'arrêta, et, d'un air un peu confus : « C'est égal, quand j'ai mis saint Blanc aux lapins, j' croyais bien qu'i n' f'rait pu d'argent. Y avait deux ans qu'on n' le d'mandait plus. Mais les saints, voyez-vous, ça n' passe jamais. »

Il but et reprit.

— Allons, buvons encore un coup. Avec des amis y n' faut pas y aller à moins d' cinquante; et j' n'en sommes seulement pas à trente-huit.

LE TESTAMENT

LE TESTAMENT[1]

A Paul Hervieu.

Je connaissais ce grand garçon qui s'appelait René de Bourneval. Il était de commerce aimable, bien qu'un peu triste, semblait revenu de tout, fort sceptique, d'un scepticisme précis et mordant, habile surtout à désarticuler d'un mot les hypocrisies mondaines. Il répétait souvent : « Il n'y a pas d'hommes honnêtes; ou du moins ils ne le sont que relativement aux crapules. »

Il avait deux frères qu'il ne voyait point, MM. de Courcils. Je le croyais d'un autre lit, vu leurs noms différents. On m'avait dit à plusieurs reprises qu'une histoire étrange s'était passée en cette famille, mais sans donner aucun détail.

Cet homme me plaisant tout à fait, nous

1. « Gil Blas » du 7 novembre 1882. Publié sous le pseudonyme de *Maufrigneuse*.

fûmes bientôt liés. Un soir, comme j'avais dîné chez lui en tête à tête, je lui demandai par hasard : « Etes-vous né du premier ou du second mariage de Mme votre mère ? » Je le vis pâlir un peu, puis rougir; et il demeura quelques secondes sans parler, visiblement embarrassé. Puis il sourit d'une façon mélancolique et douce qui lui était particulière, et il dit : « Mon cher ami, si cela ne vous ennuie point, je vais vous donner sur mon origine des détails bien singuliers. Je vous sais un homme intelligent, je ne crains donc pas que votre amitié en souffre, et si elle en devait souffrir, je ne tiendrais plus alors à vous avoir pour ami. »

Ma mère, Mme de Courcils, était une pauvre petite femme timide, que son mari avait épousée pour sa fortune. Toute sa vie fut un martyre. D'âme aimante, craintive, délicate, elle fut rudoyée sans répit par celui qui aurait dû être mon père, un de ces rustres qu'on appelle des gentilshommes campagnards. Au bout d'un mois de mariage, il vivait avec une servante. Il eut en outre pour maîtresses les femmes et les filles de ses fermiers; ce qui ne l'empêcha point d'avoir deux enfants de sa femme; on devrait compter trois, en me comprenant. Ma mère ne disait rien; elle vivait dans cette maison toujours bruyante comme ces petites souris qui glissent sous les meubles. Effacée, disparue, frémissante, elle regardait les gens de ses yeux inquiets et clairs, toujours mobiles, des yeux d'être effaré que la peur ne quitte pas. Elle était jolie pourtant, fort jolie, toute blonde, d'un blond gris, d'un blond timide, comme si ses cheveux avaient été un peu décolorés par ses craintes incessantes.

Parmi les amis de M. de Courcils qui venaient constamment au château, se trouvait un ancien officier de cavalerie, veuf, homme redouté, tendre et violent, capable des résolutions les plus énergiques, M. de Bourneval, dont je porte le nom. C'était un grand gaillard maigre, avec de grosses moustaches noires. Je lui ressemble beaucoup. Cet homme avait lu, et ne pensait nullement comme ceux de sa classe. Son arrière-grand-mère avait été une amie de J.-J. Rousseau, et on eût dit qu'il avait hérité quelque chose de cette liaison d'une ancêtre. Il savait par cœur le *Contrat social*, la *Nouvelle Héloïse* et tous ces livres philosophants qui ont préparé de loin le futur bouleversement de nos antiques usages, de nos préjugés, de nos lois surannées, de notre morale imbécile.

Il aima ma mère, paraît-il, et en fut aimé. Cette liaison demeura tellement secrète que personne ne la soupçonna. La pauvre femme, délaissée et triste, dut s'attacher à lui d'une façon désespérée, et prendre dans son commerce toutes ses manières de penser, des théories de libre sentiment, des audaces d'amour indépendant ; mais, comme elle était si craintive qu'elle n'osait jamais parler haut, tout cela fut refoulé, condensé, pressé en son cœur qui ne s'ouvrit jamais.

Mes deux frères étaient durs pour elle, comme leur père, ne la caressaient point, et, habitués à ne la voir compter pour rien dans la maison, la traitaient un peu comme une bonne.

Je fus le seul de ses fils qui l'aimât vraiment et qu'elle aimât.

Elle mourut. J'avais alors dix-huit ans. Je dois ajouter, pour que vous compreniez ce qui va suivre, que son mari était doté d'un conseil judiciaire, qu'une séparation de biens avait été prononcée au profit de ma mère, qui avait conservé, grâce aux artifices de la loi et au dévouement intelligent d'un notaire, le droit de tester à sa guise.

Nous fûmes donc prévenus qu'un testament existait chez ce notaire, et invités à assister à la lecture.

Je me rappelle cela comme d'hier. Ce fut une scène grandiose, dramatique, burlesque, surprenante, amenée par la révolte posthume de cette morte, par ce cri de liberté, cette revendication du fond de la tombe de cette martyre écrasée par nos mœurs durant sa vie, et qui jetait, de son cercueil clos, un appel désespéré vers l'indépendance.

Celui qui se croyait mon père, un gros homme sanguin éveillant l'idée d'un boucher, et mes frères, deux forts garçons de vingt et de vingt-deux ans, attendaient tranquilles sur leurs sièges. M. de Bourneval, invité à se présenter, entra et se plaça derrière moi. Il était serré dans sa redingote, fort pâle, et il mordillait souvent sa moustache, un peu grise à présent. Il s'attendait sans doute à ce qui allait se passer.

Le notaire ferma la porte à double tour et commença la lecture, après avoir décacheté devant nous l'enveloppe scellée à la cire rouge et dont il ignorait le contenu.

Brusquement mon ami se tut, se leva, puis il alla prendre dans son secrétaire un vieux papier, le déplia, le baisa longuement, et il reprit : « Voici le testament de ma bien-aimée mère :

« Je, soussignée, Anne-Catherine-Geneviève-Mathilde de Croixluce, épouse légitime de Jean-Léopold-Joseph Gontran de Courcils, saine de corps et d'esprit, exprime ici mes dernières volontés.

« Je demande pardon à Dieu d'abord, et ensuite à mon cher fils René, de l'acte que je vais commettre. Je crois mon enfant assez grand de cœur pour me comprendre et me pardonner. J'ai souffert toute ma vie. J'ai été épousée par calcul, puis méprisée, méconnue, opprimée, trompée sans cesse par mon mari.

« Je lui pardonne, mais je ne lui dois rien.

« Mes fils aînés ne m'ont point aimée, ne

m'ont point gâtée, m'ont à peine traitée comme une mère.

« J'ai été pour eux, durant ma vie, ce que je devais être ; je ne leur dois plus rien après ma mort. Les liens du sang n'existent pas sans l'affection constante, sacrée, de chaque jour. Un fils ingrat est moins qu'un étranger ; c'est un coupable, car il n'a pas le droit d'être indifférent pour sa mère.

« J'ai toujours tremblé devant les hommes, devant leurs lois iniques, leurs coutumes inhumaines, leurs préjugés infâmes. Devant Dieu, je ne crains plus. Morte, je rejette de moi la honteuse hypocrisie ; j'ose dire ma pensée, avouer et signer le secret de mon cœur.

« Donc, je laisse en dépôt toute la partie de ma fortune dont la loi me permet de disposer, à mon amant bien-aimé Pierre-Germer-Simon de Bourneval, pour revenir ensuite à notre cher fils René.

(Cette volonté est formulée en outre, d'une façon plus précise, dans un acte notarié.)

« Et, devant le Juge suprême qui m'entend, je déclare que j'aurais maudit le ciel et l'existence si je n'avais rencontré l'affection profonde, dévouée, tendre, inébranlable de mon amant, si je n'avais compris dans ses bras que le Créateur a fait les êtres pour s'aimer, se soutenir, se consoler, et pleurer ensemble dans les heures d'amertume.

« Mes deux fils aînés ont pour père M. de Courcils. René seul doit la vie à M. de Bourneval. Je prie le Maître des hommes et de leurs destinées de placer au-dessus des préjugés sociaux le père et le fils, de les faire s'aimer jusqu'à leur mort et m'aimer encore dans mon cercueil.

MATHILDE DE CROIXLUCE. »

M. de Courcils s'était levé; il cria : « C'est là le testament d'une folle! » Alors M. de Bourneval fit un pas et déclara d'une voix forte, d'une voix tranchante : « Moi, Simon de Bourneval, je déclare que cet écrit ne renferme que la stricte vérité. Je suis prêt à le prouver même par les lettres que j'ai. »

Alors M. de Courcils marcha vers lui. Je crus qu'ils allaient se colleter. Ils étaient là, grands tous deux, l'un gros, l'autre maigre, frémissants. Le mari de ma mère articula en bégayant : « Vous êtes un misérable! » L'autre prononça du même ton vigoureux et sec : « Nous nous retrouverons autre part, Monsieur. Je vous aurais déjà souffleté et provoqué depuis longtemps si je n'avais tenu avant tout à la tranquillité, durant sa vie, de la pauvre femme que vous avez tant fait souffrir. »

Puis il se tourna vers moi : « Vous êtes mon fils. Voulez-vous me suivre? Je n'ai pas le droit de vous emmener, mais je le prends, si vous voulez bien m'accompagner. »

Je lui serrai la main sans répondre. Et nous sommes sortis ensemble. J'étais, certes, aux trois quarts fou.

Deux jours plus tard M. de Bourneval tuait en duel M. de Courcils. Mes frères, par crainte d'un affreux scandale, se sont tus. Je leur ai cédé et ils ont accepté la moitié de la fortune laissée par ma mère.

J'ai pris le nom de mon père véritable, renonçant à celui que la loi me donnait et qui n'était pas le mien.

M. de Bourneval est mort depuis cinq ans. Je ne suis point encore consolé.

Il se leva, fit quelques pas, et, se plaçant en face de moi : « Eh bien ! je dis que le testament de ma mère est une des choses les plus belles, les plus loyales, les plus grandes qu'une femme puisse accomplir. N'est-ce pas votre avis ? »

Je lui tendis les deux mains : « Oui, certainement, mon ami. »

AUX CHAMPS

AUX CHAMPS[1]

A Octave Mirbeau.

Les deux chaumières étaient côte à côte, au pied d'une colline, proches d'une petite ville de bains. Les deux paysans besognaient dur sur la terre inféconde pour élever tous leurs petits. Chaque ménage en avait quatre. Devant les deux portes voisines, toute la marmaille grouillait du matin au soir. Les deux aînés avaient six ans et les deux cadets quinze mois environ ; les mariages et, ensuite les naissances, s'étaient produits à peu près simultanément dans l'une et l'autre maison.

Les deux mères distinguaient à peine leurs produits dans le tas ; et les deux pères confondaient tout à fait. Les huit noms dansaient dans leur tête, se mêlaient sans cesse ; et, quand il fallait en appeler un, les hommes

1. « Le Gaulois » du 31 octobre 1882.

souvent en criaient trois avant d'arriver au véritable.

La première des deux demeures, en venant de la station d'eaux de Rolleport, était occupée par les Tuvache, qui avaient trois filles et un garçon ; l'autre masure abritait les Vallin, qui avaient une fille et trois garçons.

Tout cela vivait péniblement de soupe, de pommes de terre et de grand air. A sept heures, le matin, puis à midi, puis à six heures, le soir, les ménagères réunissaient leurs mioches pour donner la pâtée, comme des gardeurs d'oies assemblent leurs bêtes. Les enfants étaient assis, par rang d'âge, devant la table en bois, vernie par cinquante ans d'usage. Le dernier moutard avait à peine la bouche au niveau de la planche. On posait devant eux l'assiette creuse pleine de pain molli dans l'eau où avaient cuit les pommes de terre, un demi-chou et trois oignons ; et toute la lignée mangeait jusqu'à plus faim. La mère empâtait elle-même le petit. Un peu de viande au pot-au-feu, le dimanche, était une fête pour tous ; et le père, ce jour-là, s'attardait au repas en répétant : « Je m'y ferais bien tous les jours. »

Par un après-midi du mois d'août, une légère voiture s'arrêta brusquement devant les deux chaumières, et une jeune femme, qui conduisait elle-même, dit au monsieur assis à côté d'elle :

— Oh ! regarde, Henri, ce tas d'enfants !

Sont-ils jolis, comme ça, à grouiller dans la poussière!

L'homme ne répondit rien, accoutumé à ces admirations qui étaient une douleur et presque un reproche pour lui.

La jeune femme reprit :

— Il faut que je les embrasse! Oh! comme je voudrais en avoir un, celui-là, le tout petit!

Et, sautant de la voiture, elle courut aux enfants, prit un des deux derniers, celui des Tuvache, et, l'enlevant dans ses bras, elle le baisa passionnément sur ses joues sales, sur ses cheveux blonds frisés et pommadés de terre, sur ses menottes qu'il agitait pour se débarrasser des caresses ennuyeuses.

Puis elle remonta dans sa voiture et partit au grand trot. Mais elle revint la semaine suivante, s'assit elle-même par terre, prit le moutard dans ses bras, le bourra de gâteaux, donna des bonbons à tous les autres; et joua avec eux comme une gamine, tandis que son mari attendait patiemment dans sa frêle voiture.

Elle revint encore, fit connaissance avec les parents, reparut tous les jours, les poches pleines de friandises et de sous.

Elle s'appelait Mme Henri d'Hubières.

Un matin, en arrivant, son mari descendit avec elle; et, sans s'arrêter aux mioches, qui la connaissaient bien maintenant, elle pénétra dans la demeure des paysans.

Ils étaient là, en train de fendre du bois

pour la soupe : ils se redressèrent tout surpris, donnèrent des chaises et attendirent. Alors la jeune femme, d'une voix entrecoupée, tremblante, commença :

— Mes braves gens, je viens vous trouver parce que je voudrais bien... je voudrais bien emmener avec moi votre... votre petit garçon...

Les campagnards, stupéfaits et sans idée, ne répondirent pas.

Elle reprit haleine et continua.

— Nous n'avons pas d'enfants; nous sommes seuls, mon mari et moi... Nous le garderions... voulez-vous ?

La paysanne commençait à comprendre. Elle demanda :

— Vous voulez nous prend'e Charlot ? Ah ben non, pour sûr.

Alors M. d'Hubières intervint :

— Ma femme s'est mal expliquée. Nous voulons l'adopter, mais il reviendra vous voir. S'il tourne bien, comme tout porte à le croire, il sera notre héritier. Si nous avions, par hasard, des enfants, il partagerait également avec eux. Mais s'il ne répondait pas à nos soins, nous lui donnerions, à sa majorité, une somme de vingt mille francs, qui sera immédiatement déposée en son nom chez un notaire. Et, comme on a aussi pensé à vous, on vous servira jusqu'à votre mort une rente de cent francs par mois. Avez-vous bien compris ?

La fermière s'était levée, toute furieuse.

— Vous voulez que j' vous vendions Charlot ? Ah! mais non; c'est pas des choses qu'on d'mande à une mère, ça! Ah! mais non! Ce [s'rait] une abomination.

L'homme ne disait rien, grave et réfléchi; mais il approuvait sa femme d'un mouvement continu de la tête.

Mme d'Hubières, éperdue, se mit à pleurer, et, se tournant vers son mari, avec une voix pleine de sanglots, une voix d'enfant dont tous les désirs ordinaires sont satisfaits, elle balbutia :

— Ils ne veulent pas, Henri, ils ne veulent pas!

Alors ils firent une dernière tentative.

— Mais, mes amis, songez à l'avenir de votre enfant, à son bonheur, à...

La paysanne, exaspérée, lui coupa la parole :

— C'est tout vu, c'est tout entendu, c'est tout réfléchi... Allez-vous-en, et pi, que j' vous revoie point par ici. C'est i permis d' vouloir prendre un éfant comme ça!

Alors, Mme d'Hubières, en sortant, s'avisa qu'ils étaient deux tout petits, et elle demanda à travers ses larmes, avec une ténacité de femme volontaire et gâtée, qui ne veut jamais attendre :

— Mais l'autre petit n'est pas à vous ?

Le père Tuvache répondit :

— Non, c'est aux voisins; vous pouvez y aller si vous voulez.

Et il rentra dans sa maison, où retentissait la voix indignée de sa femme.

Les Vallin étaient à table, en train de manger avec lenteur des tranches de pain qu'ils frottaient parcimonieusement avec un peu de beurre piqué au couteau, dans une assiette entre eux deux.

M. d'Hubières recommença ses propositions, mais avec plus d'insinuations, de précautions oratoires, d'astuce.

Les deux ruraux hochaient la tête en signe de refus ; mais quand ils apprirent qu'ils auraient cent francs par mois, ils se considérèrent, se consultant de l'œil, très ébranlés.

Ils gardèrent longtemps le silence, torturés, hésitants. La femme enfin demanda :

— Qué qu' t' en dis, l'homme ?

Il prononça d'un ton sentencieux :

— J' dis qu' c'est point méprisable.

Alors Mme d'Hubières, qui tremblait d'angoisse, leur parla de l'avenir du petit, de son bonheur, et de tout l'argent qu'il pourrait leur donner plus tard.

Le paysan demanda :

— C'te rente de douze cents francs, ce s'ra promis d'vant l' notaire ?

M. d'Hubières répondit :

— Mais certainement, dès demain.

La fermière, qui méditait, reprit :

— Cent francs par mois, c'est point suffisant pour nous priver du p'tit ; ça travaillera dans quéqu'z' ans ct' éfant; i nous faut cent vingt francs.

Mme d'Hubières, trépignant d'impatience, les accorda tout de suite; et, comme elle voulait enlever l'enfant, elle donna cent francs en cadeau pendant que son mari faisait un écrit. Le maire et un voisin, appelés aussitôt, servirent de témoins complaisants.

Et la jeune femme, radieuse, emporta le marmot hurlant, comme on emporte un bibelot désiré d'un magasin.

Les Tuvache, sur leur porte, le regardaient partir, muets, sévères, regrettant peut-être leur refus.

On n'entendit plus du tout parler du petit Jean Vallin. Les parents, chaque mois, allaient toucher leurs cent vingt francs chez le notaire; et ils étaient fâchés avec leurs voisins parce que la mère Tuvache les agonisait d'ignominies, répétant sans cesse de porte en porte qu'il fallait être dénaturé pour vendre son enfant, que c'était une horreur, une saleté, une corromperie.

Et parfois elle prenait en ses bras son Charlot avec ostentation, lui criant, comme s'il eût compris :

— J' t'ai pas vendu, mé, j' t'ai pas vendu, mon p'tiot. J' vends pas m's éfants, mé. J' sieus pas riche, mais vends pas m's éfants.

Et, pendant des années et encore des années, ce fut ainsi chaque jour [; chaque jour] des allusions grossières étaient vociférées devant la porte, de façon à entrer dans la maison voisine. La mère Tuvache avait fini par se croire supérieure à toute la contrée parce qu'elle n'avait pas vendu Charlot. Et ceux qui parlaient d'elle disaient :

— J' sais ben que c'était engageant, c'est égal, elle s'a conduite comme une bonne mère.

On la citait ; et Charlot, qui prenait dix-huit ans, élevé dans cette idée qu'on lui répétait sans répit, se jugeait lui-même supérieur à ses camarades, parce qu'on ne l'avait pas vendu.

Les Vallin vivotaient à leur aise, grâce à la pension. La fureur inapaisable des Tuvache, restés misérables, venait de là.

Leur fils aîné partit au service. Le second mourut ; Charlot resta seul à peiner avec le vieux père pour nourrir la mère et deux autres sœurs cadettes qu'il avait [1].

Il prenait vingt et un ans, quand, un matin, une brillante voiture s'arrêta devant les deux chaumières. Un jeune monsieur, avec une chaîne de montre en or, descendit, donnant la main à une vieille dame en cheveux blancs. La vieille dame lui dit :

— C'est là, mon enfant, à la seconde maison.

1. Relevons ici une inadvertance du narrateur : au début du conte, les Tuvache ont trois filles et un garçon.

Et il entra comme chez lui dans la masure des Vallin.

La vieille mère lavait ses tabliers; le père, infirme, sommeillait près de l'âtre. Tous deux levèrent la tête, et le jeune homme dit :

— Bonjour, papa; bonjour, maman.

Ils se dressèrent, effarés. La paysanne laissa tomber d'émoi son savon dans son eau et balbutia :

— C'est-i té, m'n éfant ? C'est-i té, m'n éfant ?

Il la prit dans ses bras et l'embrassa, en répétant : — « Bonjour, maman! », tandis que le vieux, tout tremblant, disait, de son ton calme qu'il ne perdait jamais : « Te v'là-t'i revenu, Jean ? », comme s'il l'avait vu un mois auparavant.

Et, quand ils se furent reconnus, les parents voulurent tout de suite sortir le fieu dans le pays pour le montrer. On le conduisit chez le maire, chez l'adjoint, chez le curé, chez l'instituteur.

Charlot, debout sur le seuil de sa chaumière, le regardait passer.

Le soir, au souper, il dit aux vieux :

— Faut-i qu' vous ayez été sots pour laisser prendre le p'tit aux Vallin!

Sa mère répondit obstinément :

— J' voulions point vendre not' éfant!

Le père ne disait rien.

Le fils reprit :

— C'est-i pas malheureux d'être sacrifié comme ça!

Alors le père Tuvache articula d'un ton coléreux :

— Vas-tu pas nous r'procher d' t'avoir gardé ?

Et le jeune homme, brutalement :

— Oui, j' vous le r'proche, que vous n'êtes que des niants. Des parents comme vous, ça fait l' malheur des éfants. Qu' vous mériteriez que j' vous quitte.

La bonne femme pleurait dans son assiette. Elle gémit tout en avalant des cuillerées de soupe dont elle répandait la moitié :

— Tuez-vous donc pour élever d's éfants!

Alors le gars, rudement :

— J'aimerais mieux n'être point né que d'être c' que j' suis. Quand j'ai vu l'autre, tantôt, mon sang n'a fait qu'un tour. Je m' suis dit : v' là c' que j' serais maintenant!

Il se leva.

— Tenez, j' sens bien que je ferai mieux de n'pas rester ici, parce que j' vous le reprocherais du matin au soir, et que j'vous ferais une vie d' misère. Ça, voyez-vous, j' vous l' pardonnerai jamais!

Les deux vieux se taisaient, atterrés, larmoyants.

Il reprit :

— Non, c't' idée-là, ce serait trop dur.

J'aime mieux m'en aller chercher ma vie aut' part!

Il ouvrit la porte. Un bruit de voix entra. Les Vallin festoyaient avec l'enfant revenu.

Alors Charlot tapa du pied et, se tournant vers ses parents, cria :

— Manants, va!

Et il disparut dans la nuit.

UN COQ CHANTA

UN COQ CHANTA [1]

A René Billotte.

Mme Berthe d'Avancelles avait jusque-là repoussé toutes les supplications de son admirateur désespéré, le baron Joseph de Croissard. Pendant l'hiver, à Paris, il l'avait ardemment poursuivie, et il donnait pour elle maintenant des fêtes et des chasses en son château normand de Carville.

Le mari, M. d'Avancelles, ne voyait rien, ne savait rien, comme toujours. Il vivait, disait-on, séparé de sa femme, pour cause de faiblesse physique, que madame ne lui pardonnait point. C'était un gros petit homme, chauve, court de bras, de jambes, de cou, de nez, de tout.

Mme d'Avancelles était au contraire une grande jeune femme brune et déterminée, qui

1. « Gil Blas » du 5 juillet 1882. Publié sous la signature de *Maufrigneuse*.

riait d'un rire sonore au nez de son maître, qui l'appelait publiquement « Madame Popote », et regardait d'un certain air engageant et tendre les larges épaules et l'encolure robuste et les longues moustaches blondes de son soupirant attitré, le baron Joseph de Croissard.

Elle n'avait encore rien accordé cependant. Le baron se ruinait pour elle. C'étaient sans cesse des fêtes, des chasses, des plaisirs nouveaux auxquels il invitait la noblesse des châteaux environnants.

Tout le jour, les chiens courants hurlaient par les bois à la suite du renard et du sanglier, et, chaque soir, d'éblouissants feux d'artifice allaient mêler aux étoiles leurs panaches de feu, tandis que les fenêtres illuminées du salon jetaient sur les vastes pelouses des traînées de lumière où passaient des ombres.

C'était l'automne, la saison rousse. Les feuilles voltigeaient sur les gazons comme des [volées] d'oiseaux. On sentait traîner dans l'air des odeurs de terre humide, de terre dévêtue, comme on sent une odeur de chair nue, quand tombe, après le bal, la robe d'une femme.

Un soir, dans une fête, au dernier printemps, Mme d'Avancelles avait répondu à M. de Croissard qui la harcelait de ses prières : « Si je dois tomber, mon ami, ce ne sera pas avant la chute des feuilles. J'ai trop de choses à faire cet été pour avoir le temps. » Il s'était souvenu de cette parole rieuse et hardie ; et, chaque jour, il avançait ses approches, il gagnait un pas dans le cœur de la belle audacieuse qui ne résistait plus, semblait-il, que pour la forme.

Une grande chasse allait avoir lieu. Et, la veille, Mme Berthe avait dit, en riant, au baron : « Baron, si vous tuez la bête, j'aurai quelque chose pour vous. »

Dès l'aurore, il fut debout pour reconnaître où le solitaire s'était baugé. Il accompagna ses piqueurs, disposa les relais, organisa tout lui-même pour préparer son triomphe ; et, quand les cors sonnèrent le départ, il apparut dans un étroit vêtement de chasse rouge et or, les reins serrés, le buste large, l'œil radieux, frais et fort comme s'il venait de sortir du lit.

Les chasseurs partirent. Le sanglier débusqué fila, suivi des chiens hurleurs, à travers des broussailles ; et les chevaux se mirent à galoper, emportant par les étroits sentiers des bois les amazones et les cavaliers, tandis que, sur les chemins amollis, roulaient sans bruit les voitures qui accompagnaient de loin la chasse.

Mme d'Avancelles, par malice, retint le baron près d'elle, s'attardant, au pas, dans une grande avenue interminablement droite et longue et sur laquelle quatre rangs de chênes se repliaient comme une voûte.

Frémissant d'amour et d'inquiétude, il écoutait d'une oreille le bavardage moqueur de la jeune femme, et de l'autre il suivait le chant des cors et la voix des chiens qui s'éloignaient.

— Vous ne m'aimez donc plus ? disait-elle.

Il répondait : « Pouvez-vous dire des choses pareilles ? »

Elle reprenait : « La chasse cependant semble vous occuper plus que moi. »

Il gémissait : « Ne m'avez-vous point donné l'ordre d'abattre moi-même l'animal ? »

Et elle ajoutait gravement : « Mais j'y compte. Il faut que vous le tuiez devant moi. »

Alors il frémissait sur sa selle, piquait son cheval qui bondissait, et, perdant patience : « Mais sacristi ! Madame, cela ne se pourra pas si nous restons ici. »

[Et elle lui jetait, en riant : « Il faut que cela soit, pourtant... ou alors... tant pis pour vous. »

Puis elle lui parlait tendrement, posant la main sur son bras, ou flattant, comme par distraction, la crinière de son cheval [1].]

Puis ils tournèrent à droite dans un petit

1. Ces deux paragraphes sont ainsi disposés dans le texte paru dans « Gil Blas » ; leur ordre est inversé dans le texte imprimé chez Ollendorff. Nous rétablissons la première version, où la réplique de Mme d'Avancelles fait plus logiquement suite aux propos du baron.

chemin couvert, et soudain, pour éviter une branche qui barrait la route, elle se pencha sur lui, si près qu'il sentit sur son cou le chatouillement des cheveux. Alors brutalement il l'enlaça, et, appuyant sur la tempe ses grandes moustaches, il la baisa d'un baiser furieux.

Elle ne remua point d'abord, restant ainsi sous cette caresse emportée ; puis, d'une secousse, elle tourna la tête, et, soit hasard, soit volonté, ses petites lèvres à elle rencontrèrent ses lèvres à lui, sous leur cascade de poils blonds.

Alors, soit confusion, soit remords, elle cingla le flanc de son cheval, qui partit au grand galop. Ils allèrent ainsi longtemps, sans échanger même un regard.

Le tumulte de la chasse se rapprochait ; les fourrés semblaient frémir, et tout à coup, brisant les branches, couvert de sang, secouant les chiens qui s'attachaient à lui, le sanglier passa.

Alors le baron, poussant un rire de triomphe, cria : « Qui m'aime me suive ! » Et il disparut dans les taillis, comme si la forêt l'eût englouti.

Quand elle arriva, quelques minutes plus tard, dans une clairière, il se relevait souillé de boue, la jaquette déchirée, les mains sanglantes, tandis que la bête étendue portait dans l'épaule le couteau de chasse enfoncé jusqu'à la garde.

La curée se fit aux flambeaux par une nuit douce et mélancolique. La lune jaunissait la flamme rouge des torches qui embrumaient la nuit de leur fumée résineuse. Les chiens mangeaient les entrailles puantes du sanglier, et criaient, et se battaient. Et les piqueurs et les gentilshommes chasseurs, en cercle autour de la curée, sonnaient du cor à plein souffle. La fanfare s'en allait dans la nuit claire au-dessus des bois, répétée par les échos perdus des vallées lointaines, réveillant les cerfs inquiets, les renards glapissants et troublant en leurs ébats les petits lapins gris, au bord des clairières.

Les oiseaux de nuit voletaient, effarés, au-dessus de la meute affolée d'ardeur. Et des femmes, attendries par toutes ces choses douces et violentes, s'appuyant un peu au bras des hommes, s'écartaient déjà dans les allées, avant que les chiens eussent fini leur repas.

Tout alanguie par cette journée de fatigue et de tendresse, Mme d'Avancelles dit au baron :

— Voulez-vous faire un tour de parc, mon ami ?

Mais lui, sans répondre, tremblant, défaillant, l'entraîna.

Et, tout de suite, ils s'embrassèrent. Ils allaient au pas, au petit pas, sous les branches presque dépouillées et qui laissaient filtrer la lune; et leur amour, leurs désirs, leur besoin d'étreinte étaient devenus si véhéments qu'ils faillirent choir au pied d'un arbre.

Les cors ne sonnaient plus. Les chiens épuisés dormaient au chenil. « — Rentrons », dit la jeune femme. Ils revinrent.

Puis, lorsqu'ils furent devant le château, elle murmura d'une voix mourante : « Je suis si fatiguée que je vais me coucher, mon ami. » Et, comme il ouvrait les bras pour la prendre en un dernier baiser, elle s'enfuit, lui jetant comme adieu : « Non... je vais dormir... Qui m'aime me suive! »

Une heure plus tard, alors que tout le château silencieux semblait mort, le baron sortit à pas de loup de sa chambre et s'en vint gratter à la porte de son amie. Comme elle ne répondait pas, il essaya d'ouvrir. Le verrou n'était point poussé.

Elle rêvait, accoudée à la fenêtre.

Il se jeta à ses genoux qu'il baisait éperdument à travers la robe de nuit. Elle ne disait rien, enfonçant ses doigts fins, d'une manière caressante, dans les cheveux du baron.

Et soudain, se dégageant comme si elle eût pris une grande résolution, elle murmura de son air hardi, mais à voix basse : « Je vais revenir. Attendez-moi. » Et son doigt, tendu dans l'ombre montrait au fond de la chambre la tache vague et blanche du lit.

Alors, à tâtons, éperdu, les mains tremblantes, il se dévêtit bien vite et s'enfonça dans les draps frais. Il s'étendit délicieusement, oubliant presque son amie, tant il avait plaisir à cette caresse du linge sur son corps las de mouvement.

Elle ne revenait point, pourtant, s'amusant sans doute à le faire languir. Il fermait les yeux dans un bien-être exquis ; et il rêvait doucement dans l'attente délicieuse de la chose tant désirée. Mais peu à peu ses membres s'engourdirent, sa pensée s'assoupit, devint incertaine, flottante. La puissante fatigue enfin le terrassa ; il s'endormit.

Il dormit du lourd sommeil, de l'invincible sommeil des chasseurs exténués. Il dormit jusqu'à l'aurore.

Tout à coup, la fenêtre étant restée entrouverte, un coq, perché dans un arbre voisin, chanta. Alors brusquement, surpris par ce cri sonore, le baron ouvrit les yeux.

Sentant contre lui un corps de femme, se trouvant en un lit qu'il ne reconnaissait pas, surpris et ne se souvenant plus de rien, il balbutia, dans l'effarement du réveil :

— Quoi ? Où suis-je ? Qu'y a-t-il ?

Alors elle, qui n'avait point dormi, regardant cet homme dépeigné, aux yeux rouges, à la lèvre épaisse, répondit, du ton hautain dont elle parlait à son mari :

— Ce n'est rien. C'est un coq qui chante. Rendormez-vous, Monsieur, cela ne vous regarde pas.

UN FILS

UN FILS[1]

A René Maizeroy.

Ils se promenaient, les deux vieux amis, dans le jardin tout fleuri où le gai printemps remuait de la vie.

L'un était sénateur, et l'autre de l'Académie française, graves tous deux, pleins de raisonnements très logiques mais solennels, gens de marque et de réputation.

Ils parlotèrent d'abord de politique, échangeant des pensées, non pas sur des Idées, mais sur des hommes, les personnalités, en cette matière, primant toujours la Raison. Puis ils soulevèrent quelques souvenirs; puis ils se turent, continuant à marcher côte à côte, tout amollis par la tiédeur de l'air.

1. Cette nouvelle a paru sous une forme écourtée, et avec le titre *Père Inconnu*, dans « Gil Blas » du 19 avril 1882. Comme toutes les nouvelles du présent recueil publiées dans ce journal, elle était signée *Maufrigneuse*.

Une grande corbeille de ravenelles exhalait des souffles sucrés et délicats; un tas de fleurs de toute race et de toute nuance jetaient leurs odeurs dans la brise, tandis qu'un faux-ébénier, vêtu de grappes jaunes, éparpillait au vent sa fine poussière, une fumée d'or qui sentait le miel et qui portait, pareille aux poudres caressantes des parfumeurs, sa semence embaumée à travers l'espace.

Le sénateur s'arrêta, huma le nuage fécondant qui flottait, considéra l'arbre amoureux resplendissant comme un soleil et dont les germes s'envolaient. Et il dit : « Quand on songe que ces imperceptibles atomes, qui sentent bon, vont créer des existences à des centaines de lieues d'ici, vont faire tressaillir les fibres et les sèves d'arbres femelles et produire des êtres à racines, naissant d'un germe, comme nous, mortels, comme nous, et qui seront remplacés par d'autres êtres de même essence, comme nous toujours! »

Puis, planté devant l'ébénier radieux dont les parfums vivifiants se détachaient à tous les frissons de l'air, M. le sénateur ajouta : « Ah! mon gaillard, s'il te fallait faire le compte de tes enfants, tu serais bigrement embarrassé. En voilà un qui les exécute facilement et qui les lâche sans remords, et qui ne s'en inquiète guère. »

L'académicien ajouta : « Nous en faisons autant, mon ami. »

Le sénateur reprit : « Oui, je ne le nie pas, nous les lâchons quelquefois, mais nous le savons au moins, et cela constitue notre supériorité. »

Mais l'autre secoua la tête : « Non, ce n'est pas là ce que je veux dire ; voyez-vous, mon cher, il n'est guère d'homme qui ne possède des enfants ignorés, ces enfants dits *de père inconnu*, qu'il a faits, comme cet arbre reproduit, presque inconsciemment.

S'il fallait établir le compte des femmes que nous avons eues, nous serions, n'est-ce pas, aussi embarrassés que cet ébénier que vous interpelliez le serait pour numéroter ses descendants.

De dix-huit à quarante ans enfin, en faisant entrer en ligne les rencontres passagères, les contacts d'une heure, on peut bien admettre que nous avons eu des... rapports intimes avec deux ou trois cents femmes.

Eh bien, mon ami, dans ce nombre êtes-vous sûr que vous n'en ayez pas fécondé au moins une, et que vous ne possédiez point sur le pavé, ou au bagne, un chenapan de fils qui vole et assassine les honnêtes gens, c'est-à-dire nous ; ou bien une fille dans quelque mauvais lieu ; ou peut-être, si elle a eu la chance d'être abandonnée par sa mère, cuisinière en quelque famille ?

Songez en outre que presque toutes les femmes que nous appelons *publiques* possèdent un ou deux enfants dont elles ignorent le père, enfants attrapés dans le hasard de leurs étreintes à dix ou vingt francs. Dans tout métier on fait la part des profits et pertes. Ces rejetons-là constituent les « pertes » de leur profession. Quels sont les générateurs ? — Vous, — moi, — nous tous, les hommes dits *comme il faut !* Ce sont les résultats de nos joyeux dîners d'amis, de nos soirs de gaieté, de ces heures où notre chair contente nous pousse aux accouplements d'aventure.

Les voleurs, les rôdeurs, tous les misérables, enfin, sont nos enfants. Et cela vaut encore mieux pour nous que si nous étions les leurs, car ils reproduisent aussi, ces gredins-là !

Tenez, j'ai, pour ma part, sur la conscience une très vilaine histoire que je veux vous dire. C'est pour moi un remords incessant, plus que cela, c'est un doute continuel, une inapaisable incertitude qui, parfois, me torture horriblement.

A l'âge de vingt-cinq ans j'avais entrepris avec un de mes amis, aujourd'hui conseiller d'État, un voyage en Bretagne, à pied.

Après quinze ou vingt jours de marche forcenée, après avoir visité les Côtes-du-Nord et une partie du Finistère, nous arrivions à Douarnenez; de là, en une étape, on gagna la sauvage pointe du Raz par la baie des Trépassés, et on coucha dans un village quelconque dont le nom finissait en *of;* mais, le matin venu, une fatigue étrange retint au lit mon camarade. Je dis au lit par habitude, car notre couche se composait simplement de deux bottes de paille.

Impossible d'être malade en ce lieu. Je le forçai donc à se lever, et nous parvînmes à Audierne vers quatre ou cinq heures du soir.

Le lendemain, il allait un peu mieux; on repartit; mais, en route, il fut pris de malaises intolérables, et c'est à grand-peine que nous pûmes atteindre Pont-Labbé.

Là, au moins, nous avions une auberge. Mon ami se coucha, et le médecin, qu'on fit venir de Quimper, constata une forte fièvre, sans en déterminer la nature.

Connaissez-vous Pont-Labbé ? — Non. — Eh bien, c'est la ville la plus bretonne de toute cette Bretagne bretonnante qui va de la pointe du Raz au Morbihan, de cette contrée qui contient l'essence des mœurs, des légendes, des coutumes bretonnes. Encore aujourd'hui, ce coin de pays n'a presque pas changé. Je dis : *encore aujourd'hui,* car j'y retourne à présent tous les ans, hélas!

Un vieux château baigne le pied de ses tours dans un grand étang triste, triste, avec des vols d'oiseaux sauvages. Une rivière sort de là que les caboteurs peuvent remonter jusqu'à la ville. Et dans les rues étroites aux maisons antiques, les hommes portent le grand chapeau, le gilet brodé et les quatre vestes superposées : la première, grande comme la main, couvrant au plus les omoplates, et la dernière s'arrêtant juste au-dessus du fond de culotte.

Les filles, grandes, belles, fraîches, ont la poitrine écrasée dans un gilet de drap qui forme cuirasse, les étreint, ne laissant même pas deviner leur gorge puissante et martyrisée; et elles sont coiffées d'une étrange façon : sur les tempes, deux plaques brodées en couleur encadrent le visage, serrent les cheveux qui tombent en nappe derrière la tête, puis remontent se tasser au sommet du crâne sous un singulier bonnet, tissu souvent d'or ou d'argent.

La servante de notre auberge avait dix-huit ans au plus, des yeux tout bleus, d'un bleu pâle que perçaient les deux petits points noirs de la pupille; et ses dents courtes, serrées, qu'elle montrait sans cesse en riant, semblaient faites pour broyer du granit.

Elle ne savait pas un mot de français, ne parlant que le breton, comme la plupart de ses compatriotes.

Or, mon ami n'allait guère mieux, et, bien qu'aucune maladie ne se déclarât, le médecin lui défendait de partir encore, ordonnant un repos complet. Je passais donc les journées près de lui, et sans cesse la petite bonne entrait, apportant soit mon dîner, soit de la tisane.

Je la lutinais un peu, ce qui semblait

l'amuser, mais nous ne causions pas, naturellement, puisque nous ne nous comprenions point.

Or, une nuit, comme j'étais resté fort tard auprès du malade, je croisai, en regagnant ma chambre, la fillette qui rentrait dans la sienne. C'était juste en face de ma porte ouverte; alors, brusquement, sans réfléchir à ce que je faisais, plutôt par plaisanterie qu'autrement, je la saisis à pleine taille, et, avant qu'elle fût revenue de sa stupeur, je l'avais jetée et enfermée chez moi. Elle me regardait, effarée, affolée, épouvantée, n'osant pas crier de peur d'un scandale, d'être chassée sans doute par ses maîtres d'abord, et peut-être par son père ensuite.

J'avais fait cela en riant; mais, dès qu'elle fut chez moi, le désir de la posséder m'envahit. Ce fut une lutte longue et silencieuse, une lutte corps à corps, à la façon des athlètes, avec les bras tendus, crispés, tordus, la respiration essoufflée, la peau mouillée de sueur. Oh! elle se débattit vaillamment; et parfois nous heurtions un meuble, une cloison, une chaise; alors, toujours enlacés, nous restions immobiles plusieurs secondes dans la crainte que le bruit n'eût éveillé quelqu'un; puis nous recommencions notre acharnée bataille, moi l'attaquant, elle résistant.

Epuisée enfin, elle tomba; et je la pris brutalement, par terre, sur le pavé.

Sitôt relevée, elle courut à la porte, tira les verrous et s'enfuit.

Je la rencontrai à peine les jours suivants. Elle ne me laissait point l'approcher. Puis, comme mon camarade était guéri et que nous devions reprendre notre voyage, je la vis entrer, la veille de mon départ, à minuit, nu-pieds, en chemise, dans ma chambre où je venais de me retirer.

Elle se jeta dans mes bras, m'étreignit passionnément, puis, jusqu'au jour, m'embrassa, me caressa, pleurant, sanglotant, me donnant enfin toutes les assurances de tendresse et de désespoir qu'une femme nous peut donner quand elle ne sait pas un mot de notre langue.

Huit jours après, j'avais oublié cette aventure commune et fréquente quand on voyage, les servantes d'auberge étant généralement destinées à distraire ainsi les voyageurs.

Et je fus trente ans sans y songer et sans revenir à Pont-Labbé.

Or, en 1876, j'y retournai par hasard au cours d'une excursion en Bretagne, entreprise pour documenter un livre et pour me bien pénétrer des paysages.

Rien ne me sembla changé. Le château mouillait toujours ses murs grisâtres dans l'étang, à l'entrée de la petite ville; et l'auberge était la même quoique réparée, remise à neuf, avec un air plus moderne. En entrant, je fus reçu par deux jeunes Bretonnes de dix-huit ans, fraîches et gentilles, encuirassées dans leur étroit gilet de drap, casquées d'argent avec les grandes plaques brodées sur les oreilles.

Il était environ six heures du soir. Je me mis à table pour dîner et, comme le patron s'empressait lui-même à me servir, la fatalité sans doute me fit dire : « Avez-vous connu les anciens maîtres de cette maison ? J'ai passé ici une dizaine de jours il y a trente ans maintenant. Je vous parle de loin. »

Il répondit : « C'étaient mes parents, Monsieur. »

Alors je lui racontai en quelle occasion je m'étais arrêté, comment j'avais été retenu par l'indisposition d'un camarade. Il ne me laissa pas achever.

— Oh! je me rappelle parfaitement. J'avais alors quinze ou seize ans. Vous couchiez dans la chambre du fond et votre ami dans celle dont j'ai fait la mienne, sur la rue.

C'est alors seulement que le souvenir très vif de la petite bonne me revint. Je demandai : « Vous rappelez-vous une gentille petite servante qu'avait alors votre père, et qui possédait, si ma mémoire ne me trompe, de jolis yeux et des dents fraîches ? »

Il reprit : « Oui, Monsieur; elle est morte en couches quelque temps après. »

Et, tendant la main vers la cour où un

homme maigre et boiteux remuait du fumier, il ajouta : « Voilà son fils. »

Je me mis à rire. « Il n'est pas beau et ne ressemble guère à sa mère. Il tient du père sans doute. »

L'aubergiste reprit : « Ça se peut bien; mais on n'a jamais su à qui c'était. Elle est morte sans le dire et personne ici ne lui connaissait de galant. Ç'a été un fameux étonnement quand on a appris qu'elle était enceinte. Personne ne voulait le croire. »

J'eus une sorte de frisson désagréable, un de ces effleurements pénibles qui nous touchent le cœur, comme l'approche d'un lourd chagrin. Et je regardai l'homme dans la cour. Il venait maintenant de puiser de l'eau pour les chevaux et portait ses deux seaux en boitant, avec un effort douloureux de la jambe plus courte. Il était déguenillé, hideusement sale, avec de longs cheveux jaunes tellement mêlés qu'ils lui tombaient comme des cordes sur les joues.

L'aubergiste ajouta : « Il ne vaut pas grand-chose, ç'a été gardé par charité dans la maison. Peut-être qu'il aurait mieux tourné si on l'avait élevé comme tout le monde. Mais que voulez-vous, Monsieur ? Pas de père, pas de mère, pas d'argent ! Mes parents ont eu pitié de l'enfant, mais ce n'était pas à eux, vous comprenez. »

Je ne dis rien.

Et je couchai dans mon ancienne chambre;

et toute la nuit je pensai à cet affreux valet d'écurie en me répétant : « Si c'était mon fils, pourtant ? Aurais-je donc pu tuer cette fille et procréer cet être ? » C'était possible, enfin !

Je résolus de parler à cet homme et de connaître exactement la date de sa naissance. Une différence de deux mois deva[i]t m'arracher mes doutes.

Je le fis venir le lendemain. Mais il ne parlait pas le français non plus. Il avait l'air de ne rien comprendre, d'ailleurs, ignorant absolument son âge qu'une des bonnes lui demanda de ma part. Et il se tenait d'un air idiot devant moi, roulant son chapeau dans ses pattes noueuses et dégoûtantes, riant stupidement, avec quelque chose du rire ancien de la mère dans le coin des lèvres et dans le coin des yeux.

Mais le patron, survenant, alla chercher l'acte de naissance du misérable. Il était entré dans la vie huit mois et vingt-six jours après mon passage à Pont-Labbé, car je me rappelais parfaitement être arrivé à Lorient le 15 août. L'acte portait la mention : « Père inconnu ». La mère s'était appelée Jeanne Kerradec.

Alors mon cœur se mit à battre à coups pressés. Je ne pouvais plus parler tant je me sentais suffoqué ; et je regardais cette brute, dont les grands cheveux jaunes semblaient un fumier plus sordide que celui des bêtes ;

et le gueux, gêné par mon regard, cessait de rire, détournait la tête, cherchait à s'en aller.

Tout le jour j'errai le long de la petite rivière, en réfléchissant douloureusement. Mais à quoi bon réfléchir ? Rien ne pouvait me fixer. Pendant des heures et des heures je pesais toutes les raisons bonnes ou mauvaises pour ou contre mes chances de paternité, m'énervant en des suppositions inextricables, pour revenir sans cesse à la même horrible incertitude, puis à la conviction plus atroce encore que cet homme était mon fils.

Je ne pus dîner et je me retirai dans ma chambre. Je fus longtemps sans parvenir à dormir; puis le sommeil vint, un sommeil hanté de visions insupportables. Je voyais ce goujat qui me riait au nez, m'appelait « papa »; puis il se changeait en chien et me mordait les mollets, et, j'avais beau me sauver, il me suivait toujours, et, au lieu d'aboyer, il parlait, m'injuriait; puis il comparaissait devant mes collègues de l'Académie réunis pour décider si j'étais bien son père; et l'un d'eux s'écriait : « C'est indubitable! Regardez donc comme il lui ressemble. » Et en effet je m'apercevais que ce monstre me ressemblait. Et je me réveillai avec cette idée plantée dans le crâne et avec le désir fou de revoir l'homme pour décider si, oui ou non, nous avions des traits communs.

Je le joignis comme il allait à la messe

(c'était un dimanche) et je lui donnai cent sous en le dévisageant anxieusement. Il se remit à rire d'une ignoble façon, prit l'argent, puis, gêné de nouveau par mon œil, il s'enfuit après avoir bredouillé un mot à peu près inarticulé, qui voulait dire « merci », sans doute.

La journée se passa pour moi dans les mêmes angoisses que la veille. Vers le soir, je fis venir l'hôtelier, et avec beaucoup de précautions, d'habiletés, de finesses, je lui dis que je m'intéressais à ce pauvre être si abandonné de tous et privé de tout, et que je voulais faire quelque chose pour lui.

Mais l'homme répliqua : « Oh! n'y songez pas, Monsieur, il ne vaut rien, vous n'en aurez que du désagrément. Moi, je l'emploie à vider l'écurie, et c'est tout ce qu'il peut faire. Pour ça je le nourris et il couche avec les chevaux. Il ne lui en faut pas plus. Si vous avez une vieille culotte, donnez-la-lui, mais elle sera en pièces dans huit jours. »

Je n'insistai pas, me réservant d'aviser.

Le gueux rentra le soir horriblement ivre, faillit mettre le feu à la maison, assomma un cheval à coups de pioche, et, en fin de compte, s'endormit dans la boue sous la pluie, grâce à mes largesses.

On me pria le lendemain de ne plus lui donner d'argent. L'eau-de-vie le rendait furieux, et, dès qu'il avait deux sous en poche, il les buvait. L'aubergiste ajouta :

« Lui donner de l'argent, c'est vouloir sa mort. » Cet homme n'en avait jamais eu, absolument jamais, sauf quelques centimes jetés par les voyageurs, et il ne connaissait pas d'autre destination à ce métal que le cabaret.

Alors je passai des heures dans ma chambre, avec un livre ouvert que je semblais lire, mais ne faisant autre chose que de regarder cette brute, mon fils! mon fils! en tâchant de découvrir s'il avait quelque chose de moi. A force de chercher, je crus reconnaître des lignes semblables dans le front et à la naissance du nez, et je fus bientôt convaincu d'une ressemblance que dissimulaient l'habillement différent et la crinière hideuse de l'homme.

Mais je ne pouvais demeurer plus longtemps sans devenir suspect, et je partis, le cœur broyé, après avoir laissé à l'aubergiste quelque argent pour adoucir l'existence de son valet.

Or, depuis six ans, je vis avec cette pensée, cette horrible incertitude, ce doute abominable. Et, chaque année, une force invincible me ramène à Pont-Labbé. Chaque année je me condamne à ce supplice de voir cette brute patauger dans son fumier, de m'imaginer qu'il me ressemble, de chercher, toujours en vain, à lui être secourable. Et chaque année je reviens ici, plus indécis, plus torturé, plus anxieux.

J'ai essayé de le faire instruire. Il est idiot sans ressource.

J'ai essayé de lui rendre la vie moins pénible. Il est irrémédiablement ivrogne et emploie à boire tout l'argent qu'on lui donne ; et il sait fort bien vendre ses habits neufs pour se procurer de l'eau-de-vie.

J'ai essayé d'apitoyer sur lui son patron pour qu'il le ménageât, en offrant toujours de l'argent. L'aubergiste, étonné à la fin, m'a répondu fort sagement : « Tout ce que vous ferez pour lui, Monsieur, ne servira qu'à le perdre. Il faut le tenir comme un prisonnier. Sitôt qu'il a du temps ou du bien-être, il devient malfaisant. Si vous voulez faire du bien, ça ne manque pas, allez, les enfants abandonnés, mais choisissez-en un qui réponde à votre peine. »

Que dire à cela ?

Et si je laissais percer un soupçon des doutes qui me torturent, ce crétin, certes, deviendrait malin pour m'exploiter, me compromettre, me perdre. Il me crierait « papa », comme dans mon rêve.

Et je me dis que j'ai tué la mère et perdu cet être atrophié, larve d'écurie, éclose et poussée dans le fumier, cet homme qui, élevé comme d'autres, aurait été pareil aux autres.

Et vous ne vous figurez pas la sensation étrange, confuse et intolérable que j'éprouve en face de lui en songeant que cela est sorti de moi, qu'il tient à moi par ce lien intime qui lie le fils au père, que, grâce aux terribles lois de l'hérédité, il est moi par mille choses, par son sang et par sa chair, et qu'il a jusqu'aux mêmes germes de maladies, aux mêmes ferments de passions.

Et j'ai sans cesse un inapaisable et douloureux besoin de le voir ; et sa vue me fait horriblement souffrir ; et de ma fenêtre, là-bas, je le regarde pendant des heures remuer et charrier les ordures des bêtes, en me répétant : « C'est mon fils. »

Et je sens, parfois, d'intolérables envies de l'embrasser. Je n'ai même jamais touché sa main sordide. »

L'académicien se tut. Et son compagnon, l'homme politique, murmura : « Oui, vraiment, nous devrions bien nous occuper un peu plus des enfants qui n'ont pas de père. »

Et un souffle de vent traversant le grand arbre jaune secoua ses grappes, enveloppa d'une nuée odorante et fine les deux vieillards qui la respirèrent à longs traits.

Et le sénateur ajouta : « C'est bon vraiment d'avoir vingt-cinq ans, et même de faire des enfants comme ça. »

SAINT-ANTOINE

SAINT-ANTOINE[1]

A X. Charmes.

On l'appelait Saint-Antoine, parce qu'il se nommait Antoine, et aussi peut-être parce qu'il était bon vivant, joyeux, farceur, puissant mangeur et fort buveur, et vigoureux trousseur de servantes, bien qu'il eût plus de soixante ans.

C'était un grand paysan du pays de Caux, haut en couleur, gros de poitrine et de ventre, et perché sur de longues jambes qui semblaient trop maigres pour l'ampleur du corps.

Veuf, il vivait seul avec sa bonne et ses deux valets dans sa ferme qu'il dirigeait en madré compère, soigneux de ses intérêts, entendu dans les affaires et dans l'élevage du bétail, et dans la culture de ses terres.

1. « Gil Blas » du 3 avril 1883. Publié sous la signature de *Maufrigneuse*.

Ses deux fils et ses trois filles, mariés avec avantage, vivaient aux environs, et venaient, une fois par mois, dîner avec le père. Sa vigueur était célèbre dans tout le pays d'alentour; on disait, en manière de proverbe : « Il est fort comme Saint-Antoine. »

Lorsque arriva l'invasion prussienne, Saint-Antoine, au cabaret, promettait de manger une armée, car il était hâbleur comme un vrai Normand, un peu couard et fanfaron. Il tapait du poing sur la table de bois, qui sautait en faisant danser les tasses et les petits verres, et il criait, la face rouge et l'œil sournois, dans une fausse colère de bon vivant : « Faudra que j'en mange, nom de Dieu! » Il comptait bien que les Prussiens ne viendraient pas jusqu'à Tanneville; mais lorsqu'il apprit qu'ils étaient à Rautôt, il ne sortit plus de sa maison, et il guettait sans cesse la route par la petite fenêtre de sa cuisine, s'attendant à tout moment à voir passer des baïonnettes.

Un matin, comme il mangeait la soupe avec ses serviteurs, la porte s'ouvrit, et le maire de la commune, maître Chicot, parut suivi d'un soldat coiffé d'un casque noir à pointe de cuivre. Saint-Antoine se dressa d'un bond; et tout son monde le regardait, s'attendant à le voir écharper le Prussien; mais il se contenta de serrer la main du maire qui lui dit : « — En v'là un pour toi Saint-Antoine. Ils sont venus c'te nuit. Fais pas de bêtises surtout, vu qu'ils parlent de fusiller et de brûler tout si seulement il arrive la moindre chose. Te v'là prévenu. Donne-li à manger; il a l'air d'un bon gars. Bonsoir, je vas chez l's' autres. Y en a pour tout le monde. » Et il sortit.

Le père Antoine, devenu pâle, regarda son Prussien. C'était un gros garçon à la chair grasse et blanche, aux yeux bleus, au poil blond, barbu jusqu'aux pommettes, qui semblait idiot, timide et bon enfant. Le Normand malin le pénétra tout de suite, et, rassuré, lui fit signe de s'asseoir. Puis il lui demanda : « Voulez-vous de la soupe ? »

L'étranger ne comprit pas. Antoine alors eut un coup d'audace, et, lui poussant sous le nez une assiette pleine : « Tiens, avale ça, gros cochon. »

Le soldat répondit : « Ya » et se mit à manger goulûment pendant que le fermier, triomphant, sentant sa réputation reconquise, clignait de l'œil à ses serviteurs qui grimaçaient étrangement, ayant en même temps grand-peur et envie de rire.

Quand le Prussien eut englouti son assiettée, Saint-Antoine lui en servit une autre qu'il fit disparaître également; mais il recula devant la troisième, que le fermier voulait lui faire manger de force, en répétant : « Allons fous-toi ça dans le ventre. T' engraisseras ou tu diras pourquoi, va, mon cochon! »

Et le soldat, comprenant seulement qu'on voulait le faire manger tout son saoul, riait d'un air content, en faisant signe qu'il était plein.

Alors Saint-Antoine, devenu tout à fait familier, lui tapa sur le ventre en criant : « Y en a-t-il dans la bedaine à mon cochon ! » Mais soudain il se tordit, rouge à tomber d'une attaque, ne pouvant plus parler. Une idée lui était venue qui le faisait étouffer de rire : « C'est ça, c'est ça, saint Antoine et son cochon. V'là mon cochon ! » Et les trois serviteurs éclatèrent à leur tour.

Le vieux était si content qu'il fit apporter l'eau-de-vie, la bonne, le fil en dix, et qu'il en régala tout le monde. On trinqua avec le Prussien, qui claqua de la langue par flatterie, pour indiquer qu'il trouvait ça fameux. Et Saint-Antoine lui criait dans le nez : « Hein ? En v'là d'la fine ! T' en bois pas comme ça chez toi, mon cochon ! »

Dès lors, le père Antoine ne sortit plus sans son Prussien. Il avait trouvé là son affaire : c'était sa vengeance à lui, sa vengeance de gros malin. Et tout le pays, qui crevait de peur, riait à se tordre, derrière le dos des vainqueurs, de la farce de Saint-Antoine. Vraiment, dans la plaisanterie il n'avait pas son pareil. Il n'y avait que lui pour inventer des choses comme ça. Cré coquin, va !

Il s'en allait chez les voisins, tous les jours après midi, bras dessus bras dessous avec son Allemand qu'il présentait d'un air gai en lui tapant sur l'épaule : « Tenez, v'là mon cochon, r'gardez-moi s'il engraisse c't' animal-là ! »

Et les paysans s'épanouissaient — Est-il donc rigolo, ce bougre d'Antoine !

— J' te l' vends, Césaire, trois pistoles.

— Je l' prends, Antoine, et j' t' invite à manger du boudin.

— Mé, c' que j' veux, c'est d' ses pieds.

— Tâte li l' ventre, tu verras qu'il n'a que d' la graisse.

Et tout le monde clignait de l'œil, sans rire trop haut cependant, de peur que le Prussien devinât à la fin qu'on se moquait de lui. Antoine seul, s'enhardissant tous les jours, lui pinçait les cuisses en criant : « Rien qu' du gras » ; lui tapait sur le derrière en hurlant : « Tout ça d' la couenne » ; l'enlevait dans ses bras de vieux colosse capable de porter une enclume, en déclarant : « Il pèse six cents et pas de déchet. »

Et il avait pris l'habitude de faire offrir à manger à son cochon partout où il entrait avec lui. C'était là le grand plaisir, le grand divertissement de tous les jours : « Donnez-li de c' que vous voudrez, il avale tout. » Et on offrait à l'homme du pain et du beurre, des pommes de terre, du fricot froid, de l'andouille qui faisait dire : « De la vôtre, et du choix. »

Le soldat, stupide et doux, mangeait par

politesse, enchanté de ces attentions; se rendait malade pour ne pas refuser; et il engraissait vraiment, serré maintenant dans son uniforme, ce qui ravissait Saint-Antoine et lui faisait répéter : « Tu sais, mon cochon, faudra te faire faire une autre cage. »

Ils étaient devenus, d'ailleurs, les meilleurs amis du monde; et, quand le vieux allait à ses affaires dans les environs, le Prussien l'accompagnait de lui-même pour le seul plaisir d'être avec lui.

Le temps était rigoureux; il gelait dur; le terrible hiver de 1870 semblait jeter ensemble tous les fléaux sur la France.

Le père Antoine, qui préparait les choses de loin et profitait des occasions, prévoyant qu'il manquerait de fumier pour les travaux du printemps, acheta celui d'un voisin qui se trouvait dans la gêne; et il fut convenu qu'il irait chaque soir avec son tombereau chercher une charge d'engrais.

Chaque jour donc il se mettait en route à l'approche de la nuit et se rendait à la ferme des Haules, distante d'une demi-lieue, toujours accompagné de son cochon. Et chaque jour c'était une fête de nourrir l'animal. Tout le pays accourait là comme on va, le dimanche, à la grand-messe.

Le soldat, cependant, commençait à se méfier; et, quand on riait trop fort, il roulait des yeux inquiets qui, parfois, s'allumaient d'une flamme de colère.

Or, un soir, quand il eut mangé à sa contenance, il refusa d'avaler un morceau de plus; et il essaya de se lever pour s'en aller. Mais Saint-Antoine l'arrêta d'un tour de poignet, et, lui posant ses deux mains puissantes sur les épaules, il le rassit si durement que la chaise s'écrasa sous l'homme.

Une gaieté de tempête éclata; et Antoine, radieux, ramassant son cochon, fit semblant de le panser pour le guérir; puis il déclara : « Puisque tu n' veux pas manger, tu vas boire, nom de Dieu! » Et on alla chercher de l'eau-de-vie au cabaret.

Le soldat roulait des yeux méchants : mais il but néanmoins; il but tant qu'on voulut; et Saint-Antoine lui tenait tête, à la grande joie des assistants.

Le Normand, rouge comme une tomate, le regard en feu, emplissait les verres, trinquait en gueulant : « A la tienne! » Et le Prussien, sans prononcer un mot, entonnait coup sur coup des lampées de cognac.

C'était une lutte, une bataille, une revanche! A qui boirait le plus, nom d'un nom! Ils n'en pouvaient plus ni l'un ni l'autre quand le litre fut séché. Mais aucun des deux n'était vaincu. Ils s'en allaient manche à manche, voilà tout. Faudrait recommencer le lendemain!

Ils sortirent en titubant et se mirent en route, à côté du tombereau de fumier que traînaient lentement les deux chevaux.

La neige commençait à tomber, et la nuit sans lune s'éclairait tristement de cette blancheur morte des plaines. Le froid saisit les deux hommes, augmentant leur ivresse, et Saint-Antoine, mécontent de n'avoir pas triomphé, s'amusait à pousser [de] l'épaule son cochon pour le faire culbuter dans le fossé. L'autre évitait les attaques par des retraites; et, chaque fois, il prononçait quelques mots allemands sur un ton irrité qui faisait rire aux éclats le paysan. A la fin, le Prussien se fâcha; et juste au moment où Antoine lui lançait une nouvelle bourrade, il répondit par un coup de poing terrible qui fit chanceler le colosse.

Alors, enflammé d'eau-de-vie, le vieux saisit l'homme à bras le corps, le secoua quelques secondes comme il eût fait d'un petit enfant, et il le lança à toute volée de l'autre côté du chemin. Puis, content de cette exécution, il croisa ses bras pour rire de nouveau.

Mais le soldat se releva vivement, nu-tête, son casque ayant roulé, et, dégainant son sabre, il se précipita sur le père Antoine.

Quand il vit cela, le paysan saisit son fouet par le milieu, son grand fouet de houx, droit, fort et souple comme un nerf de bœuf.

Le Prussien arriva, le front baissé, l'arme en avant, sûr de tuer. Mais le vieux, attrapant à pleine main la lame dont la pointe allait lui crever le ventre, l'écarta, et il frappa d'un coup sec sur la tempe, avec la poignée du fouet, son ennemi qui s'abattit à ses pieds.

Puis il regarda, effaré, stupide d'étonnement, le corps d'abord secoué de spasmes, puis immobile sur le ventre. Il se pencha, le retourna, le considéra quelque temps. L'homme avait les yeux clos; et un filet de sang coulait d'une fente au coin du front. Malgré la nuit, le père Antoine distinguait la tache brune de ce sang sur la neige.

Il restait là, perdant la tête, tandis que son tombereau s'en allait toujours, au pas tranquille des chevaux.

Qu'allait-il faire ? Il serait fusillé ! On brûlerait sa ferme, on ruinerait le pays ! Que faire ? que faire ? Comment cacher le corps, cacher la mort, tromper les Prussiens ? Il entendit des voix au loin, dans le grand silence des neiges. Alors, il s'affola, et, ramassant le casque, il recoiffa sa victime ; puis, l'empoignant par les reins, il l'enleva, courut, rattrapa son attelage et lança le corps sur le fumier. Une fois chez lui, il aviserait.

Il allait à petits pas, se creusant la cervelle, ne trouvant rien. Il se voyait, se sentait perdu. Il rentra dans sa cour. Une lumière brillait à une lucarne, sa servante ne dormait pas encore ; alors il fit vivement reculer sa voiture jusqu'au bord du tour à l'engrais. Il songeait qu'en renversant la charge, le corps posé dessus tomberait dessous dans la fosse; et il fit basculer le tombereau.

Comme il l'avait prévu, l'homme fut enseveli sous le fumier. Antoine aplanit le tas avec sa fourche, puis la planta dans la terre à côté. Il appela son valet, ordonna de mettre les chevaux à l'écurie; et il rentra dans sa chambre.

Il se coucha, réfléchissant toujours à ce qu'il allait faire, mais aucune idée ne l'illuminait; son épouvante allait croissant dans l'immobilité du lit. On le fusillerait! Il suait de peur; ses dents claquaient; il se releva grelottant, ne pouvant plus tenir dans ses draps.

Alors il descendit à la cuisine, prit la bouteille de fine dans le buffet, et remonta. Il but deux grands verres de suite, jetant une ivresse nouvelle par-dessus l'ancienne, sans calmer l'angoisse de son âme. Il avait fait là un joli coup, nom de Dieu d'imbécile.

Il marchait maintenant de long en large, cherchant des ruses, des explications et des malices; et, de temps en temps, il se rinçait la bouche avec une gorgée de fil en dix pour se mettre du cœur au ventre.

Et il ne trouvait rien. Mais rien.

Vers minuit, son chien de garde, une sorte de demi-loup qu'il appelait « Dévorant », se mit à hurler à la mort. Le père Antoine frémit jusque dans les moelles; et, chaque fois que la bête reprenait son gémissement lugubre et long, un frisson de peur courait sur la peau du vieux.

Il s'était abattu sur une chaise, les jambes cassées, hébété, n'en pouvant plus, attendant avec anxiété que « Dévorant » recommençât sa plainte, et secoué par tous les sursauts dont la terreur fait vibrer nos nerfs.

L'horloge d'en bas sonna cinq heures. Le chien ne se taisait pas. Le paysan devenait fou. Il se leva pour aller déchaîner la bête, pour ne plus l'entendre. Il descendit, ouvrit la porte, s'avança dans la nuit.

La neige tombait toujours. Tout était blanc. Les bâtiments de la ferme faisaient de grandes taches noires. L'homme s'approcha de la niche. Le chien tirait sur sa chaîne. Il le lâcha. Alors « Dévorant » fit un bond, puis s'arrêta net, le poil hérissé, les pattes tendues, les crocs au vent, le nez tourné vers le fumier.

Saint-Antoine, tremblant de la tête aux pieds, balbutia : « — Qué qu' t' as donc, sale rosse ? » et il avança de quelques pas, fouillant de l'œil l'ombre indécise, l'ombre terne de la cour.

Alors il vit une forme, une forme d'homme assis sur son fumier!

Il regardait cela, perclus d'horreur et haletant. Mais, soudain, il aperçut auprès de lui le manche de sa fourche piquée dans la terre; il l'arracha du sol; et, dans un de ces transports de peur qui rendent téméraires les plus lâches, il se rua en avant, pour voir.

C'était lui, son Prussien, sorti fangeux de sa couche d'ordure qui l'avait réchauffé, ranimé. Il s'était assis machinalement, et il était resté là, sous la neige qui le poudrait, souillé de saletés et de sang, encore hébété par l'ivresse, étourdi par le coup, épuisé par sa blessure.

Il aperçut Antoine, et, trop abruti pour rien comprendre, il fit un mouvement afin de se lever. Mais le vieux, dès qu'il l'eut reconnu, écuma ainsi qu'une bête enragée.

Il bredouillait : « Ah! cochon! cochon! t' es pas mort! Tu vas me dénoncer, à c't' heure... Attends... attends! »

Et, s'élançant sur l'Allemand, il jeta en avant de toute la vigueur de ses deux bras sa fourche levée comme une lance, et il lui enfonça jusqu'au manche les quatre pointes de fer dans la poitrine.

Le soldat se renversa sur le dos en poussant un long soupir de mort, tandis que le vieux paysan, retirant son arme des plaies, la replongeait coup sur coup dans le ventre, dans l'estomac, dans la gorge, frappant comme un forcené, trouant de la tête aux pieds le corps palpitant dont le sang fuyait par gros bouillons.

Puis il s'arrêta, essoufflé de la violence de sa besogne, aspirant l'air à grandes gorgées, apaisé par le meurtre accompli.

Alors, comme les coqs chantaient dans les poulaillers et comme le jour allait poindre, il se mit à l'œuvre pour ensevelir l'homme.

Il creusa un trou dans le fumier, trouva la terre, fouilla plus bas encore, travaillant d'une façon désordonnée, dans un emportement de force avec des mouvements furieux des bras et de tout le corps.

Lorsque la tranchée fut assez creuse, il roula le cadavre dedans, avec la fourche, rejeta la terre dessus, la piétina longtemps, remit en place le fumier, et il sourit en voyant la neige épaisse qui complétait sa besogne, et couvrait les traces de son voile blanc.

Puis il repiqua sa fourche sur le tas d'ordures et rentra chez lui. Sa bouteille encore à moitié pleine d'eau-de-vie était restée sur la table. Il la vida d'une haleine, se jeta sur son lit, et s'endormit profondément.

Il se réveilla dégrisé, l'esprit calme et dispos, capable de juger le cas et de prévoir l'événement.

Au bout d'une heure, il courait le pays en demandant partout des nouvelles de son soldat. Il alla trouver les officiers, pour savoir, disait-il, pourquoi on lui avait repris son homme.

Comme on connaissait leur liaison, on ne le soupçonna pas; et il dirigea même les recherches en affirmant que le Prussien allait chaque soir courir le cotillon.

Un vieux gendarme en retraite, qui tenait une auberge dans le village voisin et qui avait une jolie fille, fut arrêté et fusillé.

L'AVENTURE DE WALTER SCHNAFFS

L'AVENTURE DE WALTER SCHNAFFS [1]

A Robert Pinchon.

Depuis son entrée en France avec l'armée d'invasion, Walter Schnaffs se jugeait le plus malheureux des hommes. Il était gros, marchait avec peine, soufflait beaucoup et souffrait affreusement des pieds qu'il avait fort plats et fort gras. Il était en outre pacifique et bienveillant, nullement magnanime ou sanguinaire, père de quatre enfants qu'il adorait et marié avec une jeune femme blonde, dont il regrettait désespérément chaque soir les tendresses, les petits soins et les baisers. Il aimait se lever tard et se coucher tôt, manger lentement de bonnes choses et boire de la bière dans les brasseries. Il songeait en outre que tout ce qui est doux dans l'existence disparaît avec la vie : et il gardait au cœur une haine épou-

1. « Le Gaulois » du 11 avril 1883.

vantable, instinctive et raisonnée en même temps, pour les canons, les fusils, les revolvers et les sabres, mais surtout pour les baïonnettes, se sentant incapable de manœuvrer assez vivement cette arme rapide pour défendre son gros ventre.

Et, quand il se couchait sur la terre, la nuit venue, roulé dans son manteau à côté des camarades qui ronflaient, il pensait longuement aux siens laissés là-bas et aux dangers semés sur sa route : « S'il était tué, que deviendraient les petits ? Qui donc les nourrirait et les élèverait ? A l'heure même, ils n'étaient pas riches, malgré les dettes qu'il avait contractées en partant pour leur laisser quelque argent. » Et Walter Schnaffs pleurait quelquefois.

Au commencement des batailles il se sentait dans les jambes de telles faiblesses qu'il se serait laissé tomber, s'il n'avait songé que toute l'armée lui passerait sur le corps. Le sifflement des balles hérissait le poil sur sa peau.

Depuis des mois il vivait ainsi dans la terreur et dans l'angoisse.

Son corps d'armée s'avançait vers la Normandie; et il fut un jour envoyé en reconnaissance avec un faible détachement qui devait simplement explorer une partie du pays et se replier ensuite. Tout semblait calme dans la campagne; rien n'indiquait une résistance préparée.

Or, les Prussiens descendaient avec tranquillité dans une petite vallée que coupaient des ravins profonds, quand une fusillade violente les arrêta net, jetant bas une vingtaine des leurs ; et une troupe de francs-tireurs, sortant brusquement d'un petit bois grand comme la main, s'élança en avant, la baïonnette au fusil.

Walter Schnaffs demeura d'abord immobile, tellement surpris et éperdu qu'il ne pensait même pas à fuir. Puis un désir fou de détaler le saisit ; mais il songea aussitôt qu'il courait comme une tortue en comparaison des maigres Français qui arrivaient en bondissant comme un troupeau de chèvres. Alors, apercevant à six pas devant lui un large fossé plein de broussailles couvertes de feuilles sèches, il y sauta à pieds joints, sans songer même à la profondeur, comme on saute d'un pont dans une rivière.

Il passa, à la façon d'une flèche, à travers une couche épaisse de lianes et de ronces aiguës qui lui déchirèrent la face et les mains, et il tomba lourdement assis sur un lit de pierres.

Levant aussitôt les yeux, il vit le ciel par le trou qu'il avait fait. Ce trou révélateur le pouvait dénoncer, et il se traîna avec précaution, à quatre pattes, au fond de cette ornière, sous le toit de branchages enlacés, allant le plus vite possible, en s'éloignant du lieu du combat. Puis il s'arrêta et s'assit de nouveau, tapi comme un lièvre au milieu des hautes herbes sèches.

Il entendit pendant quelque temps encore des détonations, des cris et des plaintes. Puis les clameurs de la lutte s'affaiblirent, cessèrent. Tout redevint muet et calme.

Soudain quelque chose remua contre lui. Il eut un sursaut épouvantable. C'était un petit oiseau qui, s'étant posé sur une branche, agitait des feuilles mortes. Pendant près d'une heure, le cœur de Walter Schnaffs en battit à grands coups pressés.

La nuit venait, emplissant d'ombre le ravin. Et le soldat se mit à songer. Qu'allait-il faire ? Qu'allait-il devenir ? Rejoindre son armée ?... Mais comment ? Mais par où ? Et il lui faudrait recommencer l'horrible vie d'angoisses, d'épouvantes, de fatigues et de souffrances qu'il menait depuis le commencement de la guerre ! Non ! Il ne se sentait plus ce courage ! Il n'aurait plus l'énergie qu'il fallait pour supporter les marches et affronter les dangers de toutes les minutes.

Mais que faire ? Il ne pouvait rester dans ce ravin et s'y cacher jusqu'à la fin des hostilités. Non, certes. S'il n'avait pas fallu manger, cette perspective ne l'aurait pas trop atterré ; mais il fallait manger, manger tous les jours.

Et il se trouvait ainsi tout seul, en armes, en uniforme, sur le territoire ennemi, loin de ceux qui le pouvaient défendre. Des frissons lui couraient sur la peau.

Soudain il pensa : « Si seulement j'étais prisonnier ! » Et son cœur frémit de désir, d'un désir violent, immodéré, d'être prisonnier des Français. Prisonnier ! Il serait sauvé, nourri, logé, à l'abri des balles et des sabres, sans appréhension possible, dans une bonne prison bien gardée. Prisonnier ! Quel rêve !

Et sa résolution fut prise immédiatement :

— Je vais me constituer prisonnier.

Il se leva, résolu à exécuter ce projet sans tarder d'une minute. Mais il demeura immobile, assailli soudain par des réflexions fâcheuses et par des terreurs nouvelles.

Où allait-il se constituer prisonnier ? Comment ? De quel côté ? Et des images affreuses, des images de mort, se précipitèrent dans son âme.

Il allait courir des dangers terribles en s'aventurant seul, avec son casque à pointe, par la campagne.

S'il rencontrait des paysans ? Ces paysans, voyant un Prussien perdu, un Prussien sans défense, le tueraient comme un chien errant ! Ils le massacreraient avec leurs fourches, leurs pioches, leurs faux, leurs pelles ! Ils en feraient une bouillie, une pâtée, avec l'acharnement des vaincus exaspérés.

S'il rencontrait des francs-tireurs ? Ces francs-tireurs, des enragés sans loi ni discipline, le fusilleraient pour s'amuser, pour passer une heure, histoire de rire en voyant sa tête. Et il se croyait déjà appuyé contre un mur en face de douze canons de fusils, dont les petits trous ronds et noirs semblaient le regarder.

S'il rencontrait l'armée française elle-même ? Les hommes d'avant-garde le prendraient pour un éclaireur, pour quelque hardi et malin troupier parti seul en reconnaissance, et ils lui tireraient dessus. Et il entendait déjà les détonations irrégulières des soldats couchés dans les broussailles, tandis que lui, debout au milieu d'un champ, s'affaissait, troué comme une écumoire par les balles qu'il sentait entrer dans sa chair.

Il se rassit, désespéré. Sa situation lui paraissait sans issue.

La nuit était tout à fait venue, la nuit muette et noire. Il ne bougeait plus, tressaillant à tous les bruits inconnus et légers qui passent dans les ténèbres. Un lapin, tapant du cul au bord d'un terrier, faillit faire s'enfuir Walter Schnaffs. Les cris des chouettes lui déchiraient l'âme, le traversant de peurs soudaines, douloureuses comme des blessures. Il écarquillait ses gros yeux pour tâcher de voir dans l'ombre; et il s'imaginait à tout moment entendre marcher près de lui.

Après d'interminables heures et des angoisses de damné, il aperçut, à travers son plafond de branchages, le ciel qui devenait clair. Alors, un soulagement immense le pénétra; ses membres se détendirent, reposés soudain; son cœur s'apaisa : ses yeux se fermèrent. Il s'endormit.

Quand il se réveilla, le soleil lui parut arrivé à peu près au milieu du ciel; il devait être midi. Aucun bruit ne troublait la paix morne des champs; et Walter Schnaffs s'aperçut qu'il était atteint d'une faim aiguë.

Il bâillait, la bouche humide à la pensée du saucisson, du bon saucisson des soldats; et son estomac lui faisait mal.

Il se leva, fit quelques pas, sentit que ses jambes étaient faibles, et se rassit pour réfléchir. Pendant deux ou trois heures encore, il établit le pour et le contre, changeant à tout moment de résolution, combattu, malheureux, tiraillé par les raisons les plus contraires.

Une idée lui parut enfin logique et pratique, c'était de guetter le passage d'un villageois seul, sans armes, et sans outils de travail dangereux, de courir au-devant de lui et de se remettre en ses mains en lui faisant bien comprendre qu'il se rendait.

Alors il ôta son casque, dont la pointe le pouvait trahir, et il sortit sa tête au bord de son trou, avec des précautions infinies.

Aucun être isolé ne se montrait à l'horizon. Là-bas, à droite, un petit village envoyait au ciel la fumée de ses toits, la fumée des cuisines! Là-bas à gauche, il apercevait, au bout des arbres d'une avenue, un grand château flanqué de tourelles.

Il attendit jusqu'au soir, souffrant affreusement, ne voyant rien que des vols de corbeaux, n'entendant rien que les plaintes sourdes de ses entrailles.

Et la nuit encore tomba sur lui.

Il s'allongea au fond de sa retraite et il s'endormit d'un sommeil fiévreux, hanté de cauchemars, d'un sommeil d'homme affamé.

L'aurore se leva de nouveau sur sa tête. Il se remit en observation. Mais la campagne restait vide comme la veille; et une peur nouvelle entrait dans l'esprit de Walter Schnaffs, la peur de mourir de faim! Il se voyait étendu au fond de son trou, sur le dos, les deux yeux fermés. Puis des bêtes, des petites bêtes de toute sorte s'approchaient de son cadavre et se mettaient à le manger, l'attaquant partout à la fois, se glissant sous ses vêtements pour mordre sa peau froide. Et un grand corbeau lui piquait les yeux de son bec effilé.

Alors, il devint fou, s'imaginant qu'il allait s'évanouir de faiblesse et ne plus pouvoir marcher. Et déjà, il s'apprêtait à s'élancer vers le village, résolu à tout oser, à tout braver, quand il aperçut trois paysans qui s'en allaient aux champs avec leurs fourches sur l'épaule, et il se replongea dans sa cachette.

Mais, dès que le soir obscurcit la plaine, il sortit lentement du fossé, et se mit en route, courbé, craintif, le cœur battant, vers le château lointain, préférant entrer là-dedans plutôt qu'au village qui lui semblait redoutable comme une tanière pleine de tigres.

Les fenêtres d'en bas brillaient. Une d'elles était même ouverte; et une forte odeur de viande cuite s'en échappait, une odeur qui pénétra brusquement dans le nez et jusqu'au fond du ventre de Walter Schnaffs; qui le crispa, le fit haleter, l'attirant irrésistiblement, lui jetant au cœur une audace désespérée.

Et brusquement, sans réfléchir, il apparut, casqué, dans le cadre de la fenêtre.

Huit domestiques dînaient autour d'une grande table. Mais soudain une bonne demeura béante, laissant tomber son verre, les yeux fixes. Tous les regards suivirent le sien!

On aperçut l'ennemi!

Seigneur! les Prussiens attaquaient le château!...

Ce fut d'abord un cri, un seul cri, fait de huit cris poussés sur huit tons différents, un cri d'épouvante horrible, puis une levée tumultueuse, une bousculade, une mêlée, une fuite éperdue vers la porte du fond. Les chaises tombaient, les hommes renversaient les femmes et passaient dessus. En deux secondes, la pièce fut vide, abandonnée, avec la table couverte de mangeaille en face de Walter Schnaffs stupéfait, toujours debout dans sa fenêtre.

Après quelques instants d'hésitation, il enjamba le mur d'appui et s'avança vers les assiettes. Sa faim exaspérée le faisait trembler comme un fiévreux : mais une terreur le retenait, le paralysait encore. Il écouta. Toute la maison semblait frémir; des portes se fermaient, des pas rapides couraient sur le plancher du dessus. Le Prussien inquiet tendait l'oreille à ces confuses rumeurs; puis il entendit des bruits sourds comme si des corps fussent tombés dans la terre molle, au pied des murs, des corps humains sautant du premier étage.

Puis tout mouvement, toute agitation cessèrent, et le grand château devint silencieux comme un tombeau.

Walter Schnaffs s'assit devant une assiette restée intacte, et il se mit à manger. Il mangeait par grandes bouchées comme s'il eût craint d'être interrompu trop tôt, de n'en pouvoir engloutir assez. Il jetait à deux mains les morceaux dans sa bouche ouverte comme une trappe; et des paquets de nourriture lui descendaient coup sur coup dans l'estomac, gonflant sa gorge en passant. Parfois, il s'interrompait, prêt à crever à la façon d'un tuyau trop plein. Il prenait alors la cruche au cidre et se déblayait l'œsophage comme on lave un conduit bouché.

Il vida toutes les assiettes, tous les plats et toutes les bouteilles; puis, saoul de liquide et de mangeaille, abruti, rouge, secoué par des hoquets, l'esprit troublé et la bouche grasse, il déboutonna son uniforme pour souffler, incapable d'ailleurs de faire un pas. Ses yeux se fermaient, ses idées s'engourdissaient ; il posa son front pesant dans ses bras croisés sur la table, et il perdit doucement la notion des choses et des faits.

Le dernier croissant éclairait vaguement l'horizon au-dessus des arbres du parc. C'était l'heure froide qui précède le jour.

Des ombres glissaient dans les fourrés, nombreuses et muettes ; et parfois, un rayon de lune faisait reluire dans l'ombre une pointe d'acier.

Le château tranquille dressait sa grande silhouette noire. Deux fenêtres seules brillaient encore au rez-de-chaussée.

Soudain, une voix tonnante hurla :

— En avant ! nom d'un nom ! à l'assaut ! mes enfants !

Alors, en un instant, les portes, les contrevents et les vitres s'enfoncèrent sous un flot d'hommes qui s'élança, brisa, creva tout, envahit la maison. En un instant cinquante soldats armés jusqu'aux cheveux, bondirent dans la cuisine où reposait pacifiquement Walter Schnaffs, et, lui posant sur la poitrine cinquante fusils chargés, le culbutèrent, le roulèrent, le saisirent, le lièrent des pieds à la tête.

Il haletait d'ahurissement, trop abruti

pour comprendre, battu, crossé et fou de peur.

Et tout d'un coup, un gros militaire chamarré d'or lui planta son pied sur le ventre en vociférant :

— Vous êtes mon prisonnier, rendez-vous!

Le Prussien n'entendit que ce seul mot « prisonnier », et il gémit : « *ya*, *ya*, *ya* ».

Il fut relevé, ficelé sur une chaise, et examiné avec une vive curiosité par ses vainqueurs qui soufflaient comme des baleines. Plusieurs s'assirent, n'en pouvant plus d'émotion et de fatigue.

Il souriait, lui, il souriait maintenant, sûr d'être enfin prisonnier!

Un autre officier entra et prononça :

— Mon colonel, les ennemis se sont enfuis; plusieurs semblent avoir été blessés. Nous restons maîtres de la place.

Le gros militaire qui s'essuyait le front vociféra : « Victoire! »

Et il écrivit sur un petit agenda de commerce tiré de sa poche :

« Après une lutte acharnée, les Prussiens ont dû battre en retraite, emportant leurs morts et leurs blessés, qu'on évalue à cinquante hommes hors de combat. Plusieurs sont restés entre nos mains. »

Le jeune officier reprit :

— Quelles dispositions dois-je prendre, mon colonel ?

Le colonel répondit :

— Nous allons nous replier pour éviter un retour offensif avec de l'artillerie et des forces supérieures.

Et il donna l'ordre de repartir.

La colonne se reforma dans l'ombre, sous les murs du château, et se mit en mouvement, enveloppant de partout Walter Schnaffs garrotté, tenu par six guerriers le revolver au poing.

Des reconnaissances furent envoyées pour éclairer la route. On avançait avec prudence, faisant halte de temps en temps.

Au jour levant, on arrivait à la sous-préfecture de la Roche-Oysel, dont la garde nationale avait accompli ce fait d'armes.

La population anxieuse et surexcitée attendait. Quand on aperçut le casque du prisonnier, des clameurs formidables éclatèrent. Les femmes levaient les bras; des vieilles pleuraient; un aïeul lança sa béquille au Prussien et blessa le nez d'un de ses gardiens.

Le colonel hurlait.

— Veillez à la sûreté du captif.

On parvint enfin à la maison de ville. La prison fut ouverte, et Walter Schnaffs jeté dedans, libre de liens. Deux cents hommes en armes montèrent la garde autour du bâtiment.

Alors, malgré des symptômes d'indigestion qui le tourmentaient depuis quelque temps, le Prussien, fou de joie, se mit à danser, à danser éperdument, en levant les bras et les jambes, à danser en poussant des cris frénétiques, jusqu'au moment où il tomba, épuisé au pied d'un mur.

Il était prisonnier ! Sauvé !

C'est ainsi que le château de Champignet fut repris à l'ennemi après six heures seulement d'occupation.

Le colonel Ratier, marchand de drap, qui enleva cette affaire à la tête des gardes nationaux de la Roche-Oysel, fut décoré.

ARCHIVES DE L'ŒUVRE

I

D'abord publiés isolément, tantôt dans *Gil Blas*, et tantôt dans *Le Gaulois*, ainsi qu'il a été dit dans l'Introduction, ces contes, rassemblés en un seul volume par leur auteur, ont trouvé après coup leur titre collectif, et leur très relative unité d'ensemble. Des remaniements du texte ont été parfois rendus nécessaires pour permettre la réalisation de ce dessein. Ainsi *Le Gaulois* du 5 décembre 1882 publiait *La Bécasse* et, lui faisant immédiatement suite dans le texte, *La Folle :* ces deux contes sont disjoints dans le recueil. Le dernier paragraphe de *La Bécasse*, qui sert de transition avec *La Folle*, et qui, dans *Le Gaulois*, se lisait : « Et voici ce que raconta M. Mathieu d'Endolin », devait subir une modification, afin d'introduire plus généralement les contes, dans l'ouvrage imprimé : « Voici quelques-uns de ces récits. » En contrepartie, *La Folle* débute dans *Le Gaulois* par ces mots : « Tenez, ces bécasses me rappellent une bien sinistre anecdote de la guerre. » Déjà présenté dans le conte précédent comme le récit de M. d'Endolin, *La Folle* n'avait besoin d'aucune introduction supplémentaire. Mais l'apparition de M. d'Endolin redevenait possible, et même nécessaire, dans la version du recueil, puisque *La Bécasse* et *La Folle* s'y trouvent séparés par *Ce Cochon de Morin*, et que la référence à M. d'Endolin avait disparu du texte introductif. *La Folle* débute donc ainsi dans le volume : « Tenez, dit M. Mathieu d'Endolin, les bécasses, etc. »

Les remaniements apportés au début de la nouvelle *Les Sabots* procèdent de préoccupations analogues. Elle est, dans *Gil Blas* du 21 janvier 1883, précédée d'une introduction dédicatoire, dans laquelle Maupassant explique les circonstances qui ont fait germer l'idée de ce conte : amoureux d'une dame, et descendu par hasard dans le même hôtel qu'elle, il éprouve le dépit d'entrevoir, à la porte de sa chambre, les chaussures mêlées de la dame et de son époux. Or, c'est sur le thème des *sabots mêlés* qu'est construite la nouvelle. Dans la version du recueil, ce préambule devenait doublement incongru, d'abord parce qu'il fallait faire du conte un des multiples récits de *La Bécasse*, sans que rien donnât l'impression qu'il fût subordonné à d'autres circonstances, ensuite parce que, le conte s'y trouvant cette fois dédié à Léon Fontaine, les ironiques et délicats reproches à une dame coupable de... fidélité perdaient leur raison d'être.

Le premier jugement critique sur l'œuvre a pour auteur Guy de Maupassant lui-même. Dans la *réclame* que l'écrivain adresse aux éditeurs, et à laquelle il a déjà été fait allusion, on peut lire :

> « Ce qui distingue particulièrement ce dernier ouvrage de l'auteur de *La Maison Tellier* et d'*Une vie*, c'est la gaieté, l'ironie amusante. Le premier récit du livre, *Ce Cochon de Morin*, ne peut manquer de prendre place à côté de *Boule de Suif*, et les nouvelles qui suivent donnent toutes des échantillons très divers de la bonne humeur railleuse de l'écrivain. Deux ou trois seulement apportent une note dramatique dans l'ensemble. »

C'est ce texte que reprend, sans y changer un seul mot, *La Vie Littéraire* du jeudi 21 juin 1883. La plus grande partie de la presse reste muette. Pas un mot dans *Le Gaulois*, dont le directeur, Arthur Meyer, est cependant lié avec Maupassant : à noter néanmoins que le *Supplément Littéraire* de ce quotidien, daté samedi 9 juin 1883, publie le conte *En Mer* (déjà paru dans *Gil Blas* du 12 février de la même année), en le faisant suivre de la mention : « Extrait des *Contes de la Bécasse* (Rouveyre et Blond édit.) ». Rien dans *L'Intransigeant*, ni dans *Le Figaro Littéraire* qui, paradoxalement, ne rend jamais compte d'aucun livre nouveau. La presse de cet été-là n'est d'ailleurs occupée que de la maladie et de la mort du comte de Chambord.

Deux journaux font exception, *Gil Blas* et *Le Siècle*. Le premier, dans son numéro du 12 juin 1883, fait en ces termes l'éloge de son collaborateur, mais réussit ce rare exploit de vanter un livre sans en dire *un seul mot* :

> « La semaine appartient aux conteurs... Nous commencerons par M. Guy de Maupassant. C'est la nouvelle qui l'a fait connaître. Il a débuté par un grand succès. Il a eu également la rare bonne fortune de se maintenir à la hauteur de sa brillante situation. Les *Contes de la Bécasse* continuent dignement la série commencée par *Boule de suif* et *Mademoiselle Fifi*. Les lecteurs du *Gil Blas* sont à même d'apprécier depuis trop de temps la valeur de M. de Maupassant pour que nous insistions sur les *Contes de la Bécasse*. Nous voulons néanmoins nous y arrêter un instant pour insister sur les qualités de style qui s'y trouvent. Nous trouvons inutiles les étiquettes littéraires, mais puisqu'il est admis que M. Guy de Maupassant est *naturaliste* (ce dont nous nous garderions de lui faire reproche), nous voudrions que tous les jeunes gens qui s'essayent dans ce genre prissent la peine d'étudier un pareil style. Ce que les jeunes gens voient le plus dans le style de l'école, ce sont les procédés voulus et les néologismes inutiles. Il n'en faut pas tant à M. Guy de Maupassant pour écrire de bonnes et solides pages : mais les naïfs ne manquent pas, et s'imaginent que l'on remplace les

> idées, les observations, la langue par quelques épithètes redondantes et l'enchevêtrement de phrases abominablement tortillées. L'acrobatie ne saurait jamais passer pour un style à imiter. »

Dans son numéro du 13 octobre 1883, et sous la signature A. Z., *Le Siècle* imprime une critique qui, pour ne pas être la simple retranscription de la *réclame* rédigée par Guy de Maupassant, est d'une imprécision qui n'a d'égale que sa puérilité. Le seul éloge que contient ce texte contient aussi une erreur comme on en peut juger :

> « Nous voudrions bien adresser à l'auteur des *Contes de la Bécasse* les mêmes éloges qu'à l'auteur des *Mélancolies d'un Joyeux* [1], mais ce ne sera pas pour cette fois. Certes M. Guy de Maupassant a du talent, beaucoup de talent, et l'on en trouve des traces dans les *Contes de la Bécasse* comme dans tout ce qu'il écrit. Voilà pourquoi précisément nous reprochons à son dernier volume l'emploi de procédés indignes d'un écrivain de race. A quoi bon des mots à effet, des couleurs aveuglantes, des trucs de féeries, un attirail de charlatan, quand on n'a pas besoin d'appeler le public, qui vient tout seul, attiré par la sympathie, par l'attrait de la force et de la grâce ? Pourquoi les *Contes de la Bécasse ?* Pourquoi *Ce cochon de Marin* (sic) ? A quoi bon ces grivoiseries qu'on devrait laisser à leur place, c'est-à-dire dans les recueils que nous ont légués les vieux conteurs de jadis ? A vrai dire, on trouve des récits d'un autre genre dans ce volume de M. Guy de Maupassant : nous citerons, par exemple, *l'Aventure de Walter Schnaffs*. Ces pages sont d'une simplicité tragique, écrites d'un style vigoureux et sobre. Ce sont des ébauches de maître. »

1. Par Armand Silvestre, chez Chavanon, frères, éditeurs.

Cette qualification a de quoi surprendre, appliquée à la truculente aventure du brave et gras réserviste prussien. On peut se demander si le critique A. Z. a vraiment eu l'ouvrage entre les mains. N'a-t-il pas confondu avec *Saint-Antoine*, qui, dans le recueil, vient immédiatement avant, et où la luxuriance rabelaisienne ne fait que mieux ressortir le tragique du dénouement. Mais, même ainsi, peut-on parler, à propos de *Saint-Antoine*, de simplicité ?

Quoi qu'il en soit, une telle critique laisse penser que l'accueil du public ne fut pas unanime. C'est sans doute pour répondre à de semblables jugements, pour défendre Maupassant contre ses détracteurs, mais sans heurter la fraction la plus chatouilleuse de son public, que Jules Lemaitre donne à *La Revue Bleue* d'Eugène Yung [1] (n° 22, du 29 novembre 1884, pp. 673-679) une étude détaillée de l'œuvre et du talent de l'écrivain. Nous en extrayons quelques considérations générales, ainsi que la conclusion, plus, évidemment, les passages qui se réfèrent expressément à tel ou tel conte de notre recueil :

> « Au lieu des muletiers, jardiniers et manants des anciens contes, au lieu de Mazet et du compère Pierre [2], nous avons des paysans et des paysannes comme Maître Vallin et sa servante Rose, Maître Hauchecorne, Maître Omont, Maître Chicot et la mère Magloire, et combien d'autres (*Une fille de ferme*, *La Ficelle*, *Les Sabots*, *Le Petit Fût*, etc.)! Au lieu des dignes marchands et hommes de loi, pareils de sort et de figure, voici M. Dufour, quincaillier, M. Caravan, commis principal au ministère de la Marine, Morin, mercier *(Une*

1. Le titre exact de cette revue est *Revue Politique et Littéraire*, avec comme sous-titre *La Revue Bleue*.

2. Jules Lemaitre vient de suggérer la possibilité d'établir un parallèle entre Maupassant et La Fontaine. Mazet et le compère Pierre sont les protagonistes de deux contes célèbres de La Fontaine, *Mazet de Lamporechio* et *La Jument du compère Pierre*.

partie de campagne, *En famille*, *Ce Cochon de Morin)*... et je vous recommande aussi les gaietés de Saint-Antoine avec son Prussien... Voyez un peu comme, dans *Ce Cochon de Morin*, la première page prépare, explique, justifie l'incertitude du pauvre homme, puis comme tout contribue à faire plus plaisante l'exclamation qui revient régulièrement sur *ce cochon de Morin;* comme tous les détails de la séduction d'Henriette par le négociateur Labarbe rendent la ritournelle plus imprévue, plus savoureuse, la remplissent pour ainsi dire d'un sens de plus en plus fort et ironique, et comme le comique en devient profond et irrésistible, tout à la fin, dans la bouche du mari d'Henriette... Assurément aussi, il y a des choses qu'il est permis d'aimer autant que les *Contes de la Bécasse*. On peut même préférer à l'auteur de *Marroca*[1] tel artiste à la fois moins classique et moins brutal, et l'aimer, je suppose, pour le raffinement même et la distinction de ses défauts. Mais il reste à M. de Maupassant d'être un écrivain à peu près irréprochable dans un genre qui ne l'est pas, si bien qu'il peut désarmer les austères, et plaire doublement aux autres. »

Après cette étude de Jules Lemaitre, *La Revue Bleue* qui, jusque-là, avait été muette sur Maupassant (j'ai vainement cherché dans les numéros de 1883 et de 1884 le moindre compte rendu de ses œuvres, des *Contes de la Bécasse* notamment), publiera régulièrement une recension critique des volumes que fera paraître l'écrivain, et cette recension sera toujours élogieuse, avec de très légères réserves.

Signalons pour finir qu'un autre organe à vocation littéraire se garde bien de mentionner la parution du volume : c'est la *Revue littéraire*, supplément du jour-

1. Cette nouvelle de Maupassant appartient au recueil *Mademoiselle Fifi*.

nal *L'Univers*. Mais comment s'en étonner ? Porté par ses options à ne louer que les ouvrages glorifiant la religion, le meilleur traitement que l'on pouvait attendre de lui envers Guy de Maupassant ne pouvait être que le silence. Quand on pense aux réflexions qu'inspire à son critique littéraire la *Sapho* d'Alphonse Daudet, qu'il démolit non sans verve ni talent [1], quand on lit la vaste étude que le même critique consacre aux œuvres d'Emile Zola, envers qui il s'exprime avec ce mélange d'horreur et d'admiration qu'inspirent les monstres grandioses, on se dit que ce pamphlétaire a fait bien de l'honneur à Maupassant, qui n'avait pas, alors, et tant s'en faut, la notoriété d'un Zola ou d'un Daudet, en ignorant sa dernière création.

Généralement brefs, les *Contes de la Bécasse* pouvaient difficilement tenter un réalisateur cinématographique. Seul *Ce Cochon de Morin*, de loin le plus long, et le plus riche en péripéties, a été adapté à l'écran. Avec le même titre, le film de Georges Lacombe (1933) était interprété par Jacques Baumer, Colette Darfeuil, Alexandre d'Arcy, Charles Dechamps, Rosine Deréan, Charles Lamy et José Noguéro.

1. « Disons aussi que cette vertueuse littérature est ornée par l'auteur de la dédicace suivante : « Pour mes fils, quand ils auront vingt ans ! » Bonne chance à la postérité de Daudet ! Eh bien ! ce chef-d'œuvre en est à son quarantième mille ! Les pères de famille républicains qui ont des fils de vingt ans s'arrachent évidemment pour leur progéniture l'immondice à la mode. »

TABLE

CONTES DE LA BÉCASSE

GF Flammarion

14/10/192996-X-2014 – Impr. MAURY Imprimeur, 45330 Malesherbes.
N° d'édition L.01EHPN000600.C003 – Août 2013 – Printed in France.